国韵故事汇

上海图书馆 编

闹江州

水浒故事十三则

生活·讀書·新知 三联书店

图书在版编目(CIP)数据

闹江州:水浒故事十三则/上海图书馆编.
—北京:生活·读书·新知三联书店,2017.12
(国韵故事汇)
ISBN 978 – 7 – 108 – 06151 – 5

Ⅰ.①闹… Ⅱ.①上… Ⅲ.①历史故事 – 作品集 – 中国 Ⅳ.①I247.81

中国版本图书馆 CIP 数据核字(2017)第 279338 号

责任编辑 成 华 陈丽军
封面设计 刘 俊
责任印刷 黄雪明
出版发行 生活·讀書·新知 三联书店
 (北京市东城区美术馆东街 22 号)
邮 编 100010
印 刷 常熟文化印刷有限公司
版 次 2017 年 12 月第 1 版
 2017 年 12 月第 1 次印刷
开 本 650 毫米×900 毫米 1/16 印张 12
字 数 102 千字
定 价 29.00 元

编者的话

本丛书原为上海图书馆所藏、于20世纪上半叶由大众书局刊行的"故事一百种",其内容多选自《东周列国志》《三国演义》《水浒传》《隋唐演义》《说岳全传》《英烈传》等经典作品,并结合民国时期的语言、见解、习俗进行了不同程度的改写,既通俗易懂、妙趣横生,又留有一番古典韵味,是中华传统文化及语言的珍贵遗存。

初时,各则故事独成一册,畅销非常,重印达十数版之多。因各册页数较少,不易保存,今多已散佚,全国范围内,仅上海图书馆藏有较多品种。现将故事根据所述朝代重新整理分册,将竖排繁体转为横排简体,并修正了其中的漏字、错字、异体字,根据现代汉语语言规范对标点符号进行了统一处理。

为还原特定时代的故事面貌与语言韵味,编者仅就明显的语言错误做出修正,在保证文从字顺的基础上,尽可能遵照原文。书中所述历史人物与事件,或有与史实相出入处,也视为虚构文学作品予以保留,并未擅自修改。此外,还保留了原书中的全部插图,以飨读者。

目录

花和尚拳打镇关西

却说宋朝时候华阴县史家村有个史进,从小不务农业,只爱刺枪使棒,因为被人诬告他和少华山上强人勾结,只得烧了庄子,上延安府去投他的师父王进,一路晓行夜宿,独自行了半月之上,来到渭州。"这里也有一个经略府,莫非师父王教头在这里?"史进便入城来看时,依然有六街三市,只见一个小小茶坊,正在路口。史进便入茶坊里来,拣一个坐位坐了。

茶博士问道:"客官,吃甚茶?"史进道:"吃个泡茶。"茶博士点个泡茶,放在史进面前。史进问道:"这里经略府在何处?"博士道:"只在前面便是。"史进道:"借问经略府内,有个东京的教头王进么?"茶博士道:"这府里教头极多,有三四个姓王的,不知哪个是王进?"

道犹未了,只见一个大汉大踏步竟进入茶坊里来。史进看他时,是个军官模样:头裹芝麻罗万字顶头巾,脑后两个太原府纽丝金环;上穿一领鹦哥绿纻丝战袍,腰系一条文武双股鸦青绦,足穿一双鹰爪皮四

缝干黄靴;生得面圆耳大,鼻直口方,腮边满满络腮胡须;身长八尺,腰阔十围。那人人到茶房里面坐下。茶博士道:"客官,要寻王教头,只问这位提辖,便都认得。"史进忙起身施礼道:"客官请坐吃茶。"那人见史进长大魁伟,像条好汉,便来与他施礼。

两个坐下,史进道:"小人大胆,敢问官人尊姓大名?"那人道:"俺是经略府提辖,姓鲁,名达。敢问阿哥,你姓什么?"史进道:"小人是华州华阴县人氏,姓史,名进。请问官人,小人有个师父,是东京八十万禁军教头,姓王,名进,不知在此经略府中有也无?"鲁提辖道:"阿哥,你莫不是史家村什么九纹龙史大郎?"史进拜道:"小人便是。"鲁提辖连忙还礼,说道:"闻名不如见面,见面胜如闻名。你要寻王教头,莫不是在东京恼了高太尉的王进?"史进道:"正是那人。"鲁达道:"俺也闻他名字,那个阿哥不在这里。俺听得说,他在延安府老种经略相公处勾当。俺这渭州却是小种经略相公镇守,那人不在这里。你既是史大郎,多闻你的好名字,你且和我上街去吃杯酒。"

鲁提辖挽了史进的手,便出茶坊来。鲁达回头道:"茶钱俺自还你。"茶博士应道:"提辖但吃不妨,只顾去。"两个挽了胳膊,出得茶坊来。上街行得三五十步,只见一簇众人围住在那里看。史进道:"兄长,我们看一看。"分开众人看时,中间有一个人,仗着十来条杆棒,地上摊着十数个膏药,

一盘子盛着,插把纸标儿在上面,却原来是江湖上使枪棒卖药的。史进见了,却认得他。原来是教史进开手的师父,叫作打虎将李忠。

史进就人丛中叫道:"师父,多时不见。"李忠道:"贤弟如何到这里?"鲁提辖道:"既是史大郎的师父,也和俺去吃三杯。"李忠道:"待小子卖了膏药,讨了回钱,一同和提辖去。"鲁达道:"谁耐烦等你?去便同去!"李忠道:"小人的衣饭,无计奈何。提辖先行,小人便寻将来。贤弟,你和提辖先行一步。"鲁达焦躁,把那看的人一推一跤。众人见是鲁提辖,一哄都走了。李忠见鲁达凶猛,敢怒而不敢言,只得赔笑道:"好急性的人。"

当下收拾了行头、药囊,寄顿了枪棒。三个人转弯抹角,来到州桥之下一个潘家有名的酒店。门前挑出望竿,挂着酒旗,漾在空中飘荡。三人来到潘家酒楼上,拣个齐楚阁儿里坐下。提辖坐了主位,李忠对席,史进下首坐了。酒保唱了喏,认得是鲁提辖,便道:"提辖官人,打多少酒?"鲁达道:"先打四角酒来。"一面铺下菜蔬果品按酒,又问道:"官人吃甚下饭?"鲁达道:"问什么! 但有,只顾卖来,一发算钱还你。这厮! 只顾来聒噪!"酒保下去,随即烫酒上来,但是下口肉食,只顾将来摆一桌子。

三人酒至数杯。正说些闲话,较量些枪法,说得入港,只听得隔壁阁子里有人哽哽咽咽啼哭。鲁达焦躁,便把碟儿盏儿都丢在楼板上。酒保听得,慌忙上来看时,见鲁提辖气愤愤地。酒保拱手道:"官人,要甚东西,吩咐卖来。"鲁达道:"俺要什么! 你也须认得俺! 却怎地教什么人在间壁吱吱地哭,搅俺兄弟们吃酒。俺须不曾少了你酒钱。"酒保道:"官人息怒。小人怎敢教人啼哭,打搅官人吃酒。这个哭的,是绰酒座儿唱的父女两人,不知官人们在此吃酒,一时间自苦了啼哭。"鲁提辖道:"可是作怪! 你与我唤得他来。"

酒保去叫。不多时,只见两人到来:前面一个十八九岁的妇人,背后一个五六十岁的老儿,手里拿串拍板,都来到面前。看那妇人,虽无十分的容貌,也有些动人的颜色,拭着泪眼,向前来,深深地道了三个万福。那老儿也都相见了。

鲁达问道:"你两个是哪里人家? 为什么啼哭?"那妇人

便道："官人不知，容奴告禀：奴家是东京人氏，因同父母来渭州投奔亲眷，不想搬移南京去了。母亲在客店里，染病身故。父女二人流落在此生受。此间有个财主，叫作镇关西郑大官人，因见奴家，便使强媒硬保，要奴做妾。谁想写了三千贯文书，虚钱实契，要了奴家身体。未及三个月，他家大娘子好生厉害，将奴赶打出来，不容完聚，着落店主人家追要原典身钱三千贯。父亲懦弱，和他争执不得，他又有钱有势。当初不曾得他一文，如今哪讨钱来还他？没计奈何，父亲自小教得奴家些小曲儿，来这里酒楼上赶座子，每日但得些钱来，将大半还他，留些少子做父女盘缠。这两日，酒客稀少，违了他钱限，怕他来讨时，受他羞辱。父女想起这苦楚来无处告诉，因此啼哭。不想误触犯了官人，望乞恕

罪,高抬贵手。"

鲁提辖又问道:"你姓什么? 在哪个客店里面? 那个镇关西郑大官人在哪里住?"老儿答道:"老汉姓金,排行第二。孩儿小字翠莲。郑大官人便是此间状元桥下卖肉的郑屠,绰号镇关西。老汉父女两个,只在前面东门里鲁家客店安下。"

鲁达听了道:"呸! 俺只道哪个郑大官人,却原来是杀猪的郑屠! 这个腌臜泼才,投着俺小种经略相公门下做个肉铺户,却原来这等欺负人!"回头看着李忠、史进,道:"你两个且在这里,等俺去打死了那厮便来!"史进、李忠拖住劝道:"哥哥息怒,明日却理会。"两个三回五次劝得他住。

鲁达又道:"老儿,你来。俺与你些盘缠,明日便回东京去如何?"父女两个告道:"若是能够回乡去时,便是重生父母,再长爷娘。只是店主人家如何肯放? 郑大官人必着落他要钱。"鲁达道:"这个不妨事,俺自有道理。"便去身边摸出五两银子,放在桌上,看着史进道:"俺今日不曾多带得些出来。你有银子来,借些与俺,俺明日便送还你。"史进道:"值什么,要哥哥还。"去包裹里取出一锭十两银子放在桌上。鲁达看着李忠道:"你也借些出来与俺。"李忠去身边摸出二两来银子。鲁提辖看了见少,便道:"也是个不爽利的人。"鲁达只把这十五两银子与了金老,吩咐道:"你父女两个将去做盘缠,一面收拾行李。俺明日清早来发付你两个起身,看那个店主人敢留你!"金老并女儿拜谢去了。鲁达把这二两银子丢还了李忠。

三人再吃了两角酒,下来叫道:"主人家,酒钱俺明日送来还你。"主人家连声应道:"提辖只顾自去,但吃不妨,只怕提辖不来赊。"三个人出了潘家酒肆,到街上分手。史进、李忠各自投客店去了。只说鲁提辖回到经略府前下处,到房里,晚饭也不吃,气愤愤地睡了。主人家又不敢问他。

再说金老得了这一十五两银子,回到店中,安顿了女儿,先去城外远处觅下一辆车儿,回来收拾了行李,还了房宿钱,算清了柴米钱,只等来日天明。当夜无事。

次早五更起来,父女两个先打火做饭,吃罢,收拾了。天色微明,只见鲁提辖大脚步走入店里来,高声叫道:"店小二,哪里是金老歇处?"小二道:"金公,鲁提辖在此寻你。"金老开了房门道:"提辖官人,里面请坐。"鲁达道:"坐什么?你去便去,等什么?"

金老引了女儿,挑了担儿,作谢提辖,便待出门。店小二拦住道:"金公,哪里去?"鲁达问道:"他少你房钱?"小二道:"小人房钱,昨夜都算还了。须欠郑大官人典身钱,着落在小人身上看管他哩。"鲁提辖道:"郑屠的钱,俺自还他,你放这老儿还乡去。"那店小二哪里肯放。鲁达大怒,搣开五指,去那小二脸上只一掌,打得那店小二口中吐血,再复一拳,打落两个当门牙齿。小二爬将起来,一道烟跑向店里去

躲了。店主人哪里敢出来拦他。金老父女两个忙忙离了店中,出城自去寻昨日觅下的车儿去了。

且说鲁达寻思:恐怕店小二赶去拦住他,且向店里掇条凳子,坐了两个时辰。约莫金公去得远了,方才起身,径到状元桥来。

且说郑屠开着两间门面,两副肉案,悬挂着三五片猪肉。郑屠正在门前柜身内坐定,看那十来个刀手卖肉。鲁达走到门前,叫声"郑屠!"郑屠看时,见是鲁提辖,慌忙出柜身来唱喏道:"提辖恕罪。"便叫副手掇条凳子来,"提辖请坐。"鲁达坐下道:"奉着经略相公钧旨:要十斤精肉,切成肉丝,不要半点肥的。"郑屠道:"使得,你们快选好的切十斤去。"鲁提辖道:"不要那等腌臜厮们动手,你自与我切。"郑屠道:"说得是,小人自切便了。"自去肉案上,拣了十斤精肉切着。

那店小二把手帕包了头,正来郑屠家报说金老之事,却见鲁提辖坐在肉案门边,不敢拢来,只得远远地立住,在房檐下望。

郑屠整整地自切了半个时辰,用荷叶包了道:"提辖,教人送去?"鲁达道:"送什么!再要十斤,都是肥的,也切成肉丝,不要见些精的。"郑屠道:"却才精的,怕府里要裹馄饨。肥的何用?"鲁达瞪着眼道:"相公钧旨吩咐俺的,谁敢问他?"郑屠道:"是合用的东西,小人切便了。"又选了十斤实膘的肥肉也细细地切好,把荷叶包了。整弄了一早晨,却得饭罢时候。那店小二哪里敢过来,连那正要买肉的主顾也不敢拢来。郑屠道:"着人与提辖拿了,送将府里去?"鲁达道:"再要十斤寸金软骨,也要细细地剁好,不要见些肉在上面。"郑屠笑道:"却不是特地来消遣我。"鲁达听得,跳起身来,拿着那两包肉在手,睁着眼看着郑屠道:"俺特地要消遣你!"把两包肉丝劈面打将去,却似下一阵的肉雨。

郑屠大怒,两条忿气从脚底下直冲到顶门,心头那一把无明业火焰腾腾的按纳不住,从肉案上抢了一把剔骨尖刀,托地跳将下来。鲁提辖早拔步在当街上。众邻舍并十来个火家,哪个敢向前劝慰,两边过路的人都立住了脚,和那店小二也惊得呆了。

郑屠右手拿刀,左手便来要揪鲁达,被这鲁提辖就势按住左手,赶将入去,望小腹上只一脚,腾地踢倒在当街上。鲁达再入一步,踏住胸脯,提着那醋钵儿大小拳头,看着这郑屠道:"俺始投老种经略相公,做到关西五路廉访使,也不枉了叫作镇关西!你是个卖肉的操刀屠户,狗一般的人,也叫作镇关西!你如何强骗了金翠莲?"只一拳,正打在鼻子上,打得鲜血迸流,鼻子歪在半边,却便似开了个油酱铺:咸的,酸的,辣的,一发都滚出来。郑屠挣不起来,那把尖刀也丢在一边,口里只叫:"打得好!"鲁达骂道:"还敢应口!"提起拳头来就眼眶际眉梢只一拳,打得眼棱缝裂,乌珠迸出,也似开了个彩帛铺的:红的,黑的,紫的,都绽将出来。

两边看的人惧怕鲁提辖,谁敢向前来劝?郑屠当不过,

讨饶。鲁达喝道:"咄!你是个破落户,若只和俺硬到底,俺便饶你了。你如今对俺讨饶,俺偏不饶你!"又只一拳,太阳上正着,却似做了一个全堂水陆的道场:磬儿,钹儿,铙儿,一齐响。

　　鲁达看时,只见郑屠挺在地上,口里只有出的气,没了入的气,动弹不得。鲁提辖假意道:"你这厮诈死,俺再加打!"只见面皮渐渐地变了。鲁达寻思道:"俺只指望痛打这厮一顿,不想三拳真个打死了他,免不了吃官司,又没人送饭,不如及早撒开。"拔步便走,回头指着郑屠尸道:"你诈死! 俺和你慢慢理会。"一头骂,一头大踏步去了。街坊邻舍并郑屠的火家,谁敢向前来拦他。

　　鲁提辖回到下处,急急卷了些衣服盘缠,细软银两,但是旧衣粗重都弃了,提了一条齐眉短棒,奔出南门,一道烟走了。

话说鲁达自从打死了镇关西郑屠,离了渭州,东逃西奔,急急忙忙,行过了几处州府。正是饥不择食,寒不择衣,慌不择路,贫不择妻。鲁达心慌抢路,正不知投哪里去,一连行了半月之上,却走到代州雁门县。入得城来,见这市场热闹,人烟辏集,车马并驰,一百二十行经商买卖行货都有,端的整齐,虽然是个县治,胜如州府。

鲁提辖正行之间,却见一簇人围住了十字街口看榜。鲁达看见挤满人,也钻在人丛里听。鲁达却不识字,只听得众人读道:"代州雁门县,依奉太原府指挥使司核准渭州文字,捕捉打死郑屠犯人鲁达,即系经略府提辖。如有停藏在家宿食者,与犯人同罪;若有人捕获前来,或首告到官,支给赏钱一千贯……"

鲁提辖正听到那里,只听得背后一个人大叫道:"张大哥!你如何在这里?"拦腰抱住,扯离了十字路口。

当下鲁提辖扭过身来看时,拖扯的不是别人,却是渭州酒楼上救了的金老。那老儿直拖鲁达到僻静处,说道:"恩人,你好大胆!现今明明张挂榜文,出一千贯赏钱捉你,你缘何却去看榜?若不是老汉遇见,却不被做公的拿了?榜上见写着你年甲、貌相、

贯址。"

鲁达道："俺不瞒你说，因为你的事，就那日回到状元桥下，正迎着郑屠那厮，被俺三拳打死了，因此尚在逃，到处撞了四五十日，不想来到这里。你缘何不回东京去，也来到这里？"

金老道："恩人在上，自从得恩人救了，老汉寻得一辆车子，本欲要回东京去，又怕这厮赶来，亦无恩人在彼搭救，因此不上东京去。随路望北来，撞见一个京师朋友，来这里做买卖，就带老汉父女俩到这里。幸亏了他，就与老汉女儿做媒,结交此间一个大财主赵员外,养做外宅,衣食丰足,皆出于恩人。我女儿常常对着员外说提辖大恩。那个员外也爱刺枪使棒,常说道:'怎的与恩人相会一面也好。'想念如何能够得见?且请恩人到家过几日,却再商议。"

鲁提辖便和金老行不上半里,到门首,只见老儿揭起帘子,叫道:"我儿,大恩人在此。"那女孩儿浓妆艳饰,从里面出来,请鲁达居中坐了,插烛也似拜了六拜,说道:"若非恩人垂救,怎能够有今日?"拜罢,便请鲁提辖道:"恩人上楼坐。"鲁达道:"不须如此,俺便要去。"金老便道:"恩人既到这里,如何肯放你去?"

老儿接了杆棒包裹,请到楼上坐定。老儿吩咐道:"我儿陪侍恩人坐坐,我去安排饭来。"鲁达道:"不消多事,随分便好。"老儿道:"提辖大恩,杀身难报;量些粗食薄味,何足挂齿!"女子就留住鲁达在楼上坐。

金老下来,叫了家中新讨的小厮,吩咐那个丫鬟烧着火。老儿和这小厮上街来,买了些鲜鱼、嫩鸡、熏鹅、肥鲜时新果子之类归来,一面开酒,一面收拾菜蔬,设备好了,搬上楼来,台面上放下三个盏子、三双筷子,摆下菜蔬果子下饭等物。丫鬟将银酒壶烫上酒来,父女二人,轮番把盏。金老倒地便拜。鲁提辖道:"老人家如何怎地下礼?折杀俺也。"金老说道:"恩人听禀,前日老汉初到这里,写个红纸牌儿,旦夕一炷香,父女两个兀自拜哩。今日恩人亲身到此,如何不拜?"鲁达道:"却也难得你这片心。"

三人慢慢地饮酒。将及天晚,只听得楼下打将起来。鲁提辖开窗看时,只见楼下三二十人,各执白木棍棒,口里都叫:"拿将下来!"人丛里一个官人骑在马上,口里大喝道:"休叫走了这贼!"鲁达见不是头,拿起凳子,从楼上打将下来。金老连忙摇手叫道:"都不要动手!"那老儿抢下楼去,直至骑马的官人身边说了几句言语。那官人笑起来,便喝散了那二三十人,各自去了。

那官人下马来到里面,老儿请下鲁提辖来。那官人扑翻身便拜道:"闻名不如见面,见面胜如闻名。义士提辖受礼。"鲁达便问那金老道:"这官人是谁?素不相识,缘何便拜俺?"老儿道:"这个便是我儿的官人赵员外。却才只道老汉引什么郎君子弟在楼上吃酒,因此引庄客来厮打。老汉说知,方才喝散了。"

鲁提辖上楼坐定,金老重整杯盘,再备酒食相待。赵员外让鲁达坐在上首,鲁达道:"俺怎敢。"员外道:"聊表相敬之礼。小子多闻提辖如此豪杰,今日天赐相见,实为万幸。"鲁达道:"俺是个粗鲁汉子,又犯了该死的罪过;若蒙员外不弃贫贱,结为相识,但有用俺处,便与你去。"赵员外大喜,动问打杀郑屠一事,说些闲话,较量些枪法,吃了半夜酒,各自歇了。

次日天明,赵员外道:"此处恐不稳便,欲请提辖到敝庄住几时。"鲁达问道:"贵庄在何处?"员外道:"离此间十里多路,地名七宝村便是。"鲁达道:"最好。"

员外先使人去庄上再牵一匹马来。未及晌午,马已到来,员外便请鲁提辖上马,叫庄客担了行李。鲁达辞了金老父女二人,和赵员外上了马,两个并马行程,沿路说些闲话,投七宝村来。不多时,早到庄前下马。赵员外一面携住鲁达的手,直至草堂上,分宾而坐;一面叫杀羊置酒相待,晚间收拾客房安歇。次日又备酒食款待。鲁达道:"员外错爱俺,如何报答?"赵员外便道:"四海之内,皆兄弟也。如何言报答之事。"

话休絮繁。鲁达自此之后，在这赵员外庄上住了五七日。忽一日，两个正在书院里闲坐说话，只见金老急急奔来庄上，径到书院里见了赵员外并鲁提辖，见没人，便对鲁达道："恩人，不是老汉心多，为是恩人前日老汉请在楼上吃酒，员外误听人报，引领庄客来闹了街坊，后却散了，人都有些疑心，说开去，昨日有三四个做公的来邻舍街坊打听得紧，只怕要来村里缉捕恩人。倘或有些疏失，如之奈何？"鲁达道："恁地时，俺自去便了。"

赵员外道："若是留提辖在此，诚恐有些山高水低，教提辖怨恨；若不留提辖来，在情谊上，又过不去。赵某却有个道理，教提辖万无一失，足可安身避难，只怕提辖不肯。"鲁达道："俺已是个该死的人，但得一处安身便了，做什么不肯！"赵员外道："若如此，最好。离此间三十余里，有座山，唤作五台山。山上有一个文殊院，原是文殊菩萨道场。寺里有五七百僧人，为头智真长老，是我弟兄。我祖上曾舍钱在寺里，是本寺的施主檀越。我曾许下剃度一僧在寺里，已买下一道五花度牒在此，只不曾有个心腹之人了这条心愿。如是提辖肯时，一应费用，都是赵某备办。委实肯落发做和尚么？"

鲁达寻思："如今便要去时，哪里投奔人？……不如就了这条路罢。"便道："既蒙员外做主，俺也情愿做和尚，专靠员外做主。"当时说定了，连夜收拾衣服盘缠缎匹礼物。

次日早起来，叫庄客挑了，两个取路望五台山来。辰牌以后，早到那山下。赵员外与鲁提辖两乘轿子抬上山来，一面使庄客前去通报。到得寺前，早有寺中都寺、监寺出来迎接。两个下了轿子，去山门外亭子上坐定。寺内智真长老得知，引着首座、侍者，出山门外来迎接。赵员外和鲁达向前施礼，智真长老打了问讯，说道："施主远出不易。"赵员外答道："有些小事，特来上刹相浼。"智真长老便道："且请员外方丈吃茶。"赵员外前行，鲁达跟在背后，当时同到方丈。庄客把轿子安顿了，一齐搬将盒子入方丈来，摆在面前。长老道："何故又将礼物来？寺中多有相浼檀越处。"赵员外道："些小薄礼，何足称谢。"道人、行童收拾去了。赵员外起身道："一事启堂头大和尚：赵某旧有一条愿心，许剃一僧在上刹，度牒词簿都已有了，到今不曾剃得。今有这个表弟姓鲁，是关内军汉出身。因见尘世艰辛，情愿弃俗出家。万望长老收录，大慈大悲，看赵某薄面，披剃为僧。一应所用，弟子自当准备。万望长老玉成，幸甚！"长老见说，答道："这个因缘，是光辉老僧山门，容易容易。且请吃茶。"只见行童托出茶来。茶罢，收了盏托。

不久，长老叫备斋食，请赵员外等方丈会斋。斋罢，赵员外取出银两，教人买办物料，一面在寺里做僧鞋、僧衣、僧帽、袈裟、拜具。一两日多已完备。长老选了吉日良时，教鸣钟击鼓，就法堂内会集大众。整整齐齐五六百僧人，尽披

袈裟,都到法座下合掌作礼,分作两班。赵员外取出银锭、表牒、信香,向法座前礼拜了。

表白宣疏已罢,行童引着鲁达到法座下,便教鲁达除下巾帻,把头发分做九路绾了起来。净发人先把一周遭都剃了,却待剃髭须,鲁达道:"留下这些儿还与俺也好。"众僧忍笑不住。智真长老在法座上道:"大众听偈!"念道:"寸草不留,六根清净;与汝剃除,免得争竞。"长老念罢偈言,喝一声"咄!尽皆剃去!"剃发人只一刀,尽皆剃了。首座呈将度牒上法座前,请长老赐法名。长老拿着空头度牒而说偈曰:"灵光一点,价值千金;佛法广大,赐名智深。"长老赐名已罢,把度牒转将下来。书记僧填写了度牒,付与鲁智深收受。

长老又赐法衣、袈裟,教智深穿了。监寺引上法座前,长老与他摩顶受记道:"一要皈依佛性,二要皈奉正法,三要皈敬师友:此是'三皈'。'五戒'者:一不要杀生,二不要偷盗,三不要邪淫,四不要贪酒,五不要妄语。"智深不晓得戒坛答应"能""否"二字,却便道:"俺记得。"众僧都笑。

受记已罢,赵员外请众僧到云房里坐下,焚香设斋供献。大小职事僧人,各有上贺礼物。都寺引鲁智深参拜了众师兄师弟,又引去僧堂背后选佛场坐下,当夜无话。

次日,赵员外要回,告辞。长老留连不住。早斋已罢,并众僧都送出山门。赵员外合掌道:"长老在上,众师父在此,凡事慈悲。小弟智深,乃是愚鲁直人,早晚礼数不到,言语冒渎,误犯清规,万望觑赵某薄面,恕免恕免。"长老道:"员外放心。老僧自慢慢地教他念经诵咒,办道参禅。"员外道:"日后自得报答。"人丛里唤智深到松树下,低低吩咐道:"贤弟,你从今日难比往常,凡事自宜省戒,切不可任性。倘有不然,难以相见。保重保重。早晚衣服,我自使人送来。"智深道:"不消哥哥说,俺都依了。"

当时赵员外相辞了长老,再别了众人,上轿引了庄客,拖了一乘空轿,取了盒子,下山回家去了。当下长老自引了众僧回寺。

话说鲁智深回到丛林选佛场中禅床上，扑倒头便睡。上下肩两个禅和子推他起来，说道："使不得！既要出家，如何不学坐禅？"智深道："俺自睡，干你甚事？"禅和子道："善哉！"智深喝道："团鱼俺也吃，什么'鳝哉'？"禅和子道："却是苦也！"智深便道："团鱼大腹，又肥甜了，好吃，哪得苦也？"上下肩禅和子都不睬他，由他自睡了。

次日，要去对长老说知智深如此无礼，首座劝道："长老说道，他后来证果非凡，我等皆不及他，只是护短。你们且没奈何，休与他一般见识。"禅和子自去了。

智深见没人说他，每到晚便放翻身体，横罗十字，倒在禅床上睡。夜间鼻如雷响，要起来净手，大惊小怪，只在佛殿后撒尿拉屎，遍地都是。侍者禀长老说："智深好生无礼！全没些个出家人体面！丛林中如何安着得此等之人？"长老喝道："胡说！且看檀越之面，后来必改。"自此无人敢说。

鲁智深在五台山寺中，不觉搅了四五个月。时遇初冬天气，智深久静思动。当日晴明得好，智深穿了皂衣直裰，系了鸦青绦，换了僧鞋，大踏步走出山门来，信步行到半山亭子上，坐在凳上，寻思道："俺往常好酒好肉，每日不离口，如今教俺做了和尚，饿得干瘪了。赵员外这几日，又不使人送些东西来与俺吃，这早晚怎的得些酒来吃也好。"

正想酒哩，只见远远的一个汉子，挑着一副担桶上山来，上盖着桶盖。那汉子手里拿着一个旋子。

鲁智深看见那汉子挑担桶上来,坐在亭子上看。这汉子也来亭子上,歇下担桶。智深道:"兀那汉子,你那桶子里是什么东西?"那汉子道:"好酒。"智深道:"多少钱一桶?"那汉子道:"和尚,你真个也是作耍?"智深道:"俺和你要什么。"那汉子道:"我这酒挑上去只卖与寺内火工道人、直厅、轿夫、老郎们做生活的吃。本寺长老已有法旨,但卖与和尚们吃了,我们都被长老责罚,追了本钱,赶出屋去。我们现关着本寺的本钱,现住着本寺的屋宇,如何敢与你酒吃?"智深道:"真个不卖?"那汉子道:"杀了我也不卖。"智深道:"俺也不杀你,只要问你买酒吃。"

那汉子见不是头,挑了担桶便走。智深赶下亭子来,双手拿住扁担,只一脚,交裆踢着。那汉子双手掩着做一堆,蹲在地下,半日起不得。智深把那两桶酒,都提在亭子上,地下拾起旋子,开了桶盖,只顾舀冷酒吃。不多时,两大桶酒吃了一桶。智深道:"汉子,明日来寺里讨钱。"那汉子方才疼止,又怕寺里长老得知,坏了衣饭,忍气吞声,哪里敢讨钱,把酒分做两半桶挑了,拿了旋子,飞也似下山去了。

只说智深在亭子上坐了半日,酒却上来;下得亭子松树根边,又坐了半歇,酒越涌上来。智深把皂直裰褙膊下来,把两只袖子缠在腰下,露出背脊上花绣来,扇着两个膀子上山来。看看来到山门下,两个门子远远地望见,拿着竹篾来到山门下拦住鲁智深,便喝道:"你是佛家弟子,如何喝得烂醉了上山来？你须不瞎,也见库局里贴着晓示:但凡和尚破戒吃酒,决打四十竹篦,赶出寺去;如门子纵容醉的僧人入寺,也吃十下。你快下山去,饶你几下竹篦。”

鲁智深一者初做和尚,二来旧性未改,睁起双眼骂道:“你两个要打俺,俺便和你厮打!”门子见势头不好,一个飞也似入来报监寺,一个虚拖竹篦拦他。智深用手隔过,搘开五指,去那门子脸上只一掌,打得踉踉跄跄。却待挣扎,智深再复一拳,打倒在山门下,只是叫苦。鲁智深道:“俺饶你这厮。”踉踉跄跄攧入寺里来。

监寺听得门子报说,叫起老郎、火工、直厅、轿夫三二十人,各执白木棍棒,从西廊下抢出来,却好迎着智深。智深

望见，大吼了一声，却似嘴边起个霹雳，大踏步抢入来。众人初时不知他是军官出身，次后见他行得凶了，慌忙都退入藏殿里去，便把亮槅关了。智深抢入阶来，一拳一脚，打开亮槅，二三十人都赶得没路，夺条棒，从藏殿里打将出来。

监寺慌忙报知长老。长老听得，急引了三五个侍者，直来廊下，喝道："智深不得无礼！"智深虽然酒醉，却认得是长老，撇了棒，向前来打个问讯，指着廊下，对长老道："智深吃了两碗酒，又不曾撩拨他们，他众人又引人来打俺。"长老道："你看我面，快去睡了，明日却说。"鲁智深道："俺不看长老面，俺直打死你那几个秃驴！"长老叫侍者扶智深到禅床上，扑地便倒了，齁齁地睡了。

众多职事僧人，围定长老告诉道："向日徒弟们曾谏长老来，今日如何？本寺哪容得这个野猫，乱了清规。"长老道："虽是如今眼下有些啰唣，后来却成得正果。没奈何，且看赵员外檀越之面，容恕他这一番。我自明日叫来埋怨他便了。"众僧冷笑道："好个没分晓的长老！"各自散去歇息。

次日，早斋罢。长老使侍者到僧堂里坐禅处唤智深时，尚兀自未起。待他起来，穿了直裰，赤着脚，一道烟走出僧堂来。侍者吃了一惊，赶出外来寻时，却走在佛殿后撒尿。侍者忍笑不住，等他净了手，说道："长老请你说话。"智深跟着侍者到方丈。

长老道："智深，你虽是个武夫出身，今赵员外檀越剃度了你,我与你摩顶受记,教你:一不可杀生,二不可偷盗,三不可邪淫,四不可贪酒,五不可妄语。此五戒,乃僧家常理。出家人第一不可贪酒。你如何夜来吃得大醉,打了门子,伤坏了藏殿上朱红槅子,又把火工道人都打走了,口出喊声,如何这般所为?"智深跪下道:"今番不敢了。"长老道:"既然出家,如何先破了酒戒,又乱了清规? 我不看你施主赵员外面,定赶你出寺。再后休犯!"智深起来合掌道:"不敢不敢。"长老留住在方丈里,安排早饭与他吃,又用好言语劝他,取一领细布直裰,一双僧鞋,与了智深,教回僧堂去了。

但凡饮酒,不可尽欢。常言道:"酒能成事,酒能败事。"便是小胆的吃了,也胡乱做了大胆,何况性躁的人。

再说这鲁智深自从吃酒闹了这一场,一连三四个月不敢出寺门去。忽一日,天气暴暖,是二月间时令。离了僧房,信步踱出山门外立着,看着五台山,喝彩一回,猛听得山下叮叮当当的响声,顺风吹上山来。智深再回僧堂里,取了些银两,揣在怀里,一步步走下山来。出得那"五台福地"的牌楼来看时,原来却是一个市镇,约有五七百人家。智深看那市镇上时,也有卖肉的,也有卖菜的,也有酒店、粥店。智深寻思道:"俺早知有这个去处,不夺他那桶酒吃,也早下来买些吃。这几日熬得清水流,且过去看有甚东西买些吃。"听得那响处,却是打铁的在那里打铁。间壁一家门上,写着"父子客店"。

智深走到铁匠铺门前看时,见三个人打铁。智深便问道:"你店里有好钢铁么?"那打铁的看见鲁智深腮边新剃暴长短须,特别是那面庞,先有五分怕他。那铁匠住了手道:"师父请坐,要打什么生活?"智深道:"俺要打条禅杖,一口戒刀。不知可有上等好铁么?"铁匠道:"小人这里正有些好铁。不知师父要打多少重的禅杖、戒刀?但凭吩咐。"智深道:"俺却只要一条一百斤重的。"铁匠笑道:"重了。师父,小人虽然能照打,只恐师父如何使得动。便是关王刀,也只有八十一斤。"智深焦躁道:"俺便不及关王?他也只是个人。"那铁匠道:"小人曾听说,只可打条四五十斤的,也十分重了。"智深道:"便依你说,比关王刀,也打八十一斤。"铁匠道:"师父,肥了不好看,又不中使。依着小人,好生打一条六十二斤的水磨禅杖与师父,使不动时,休怪小人。戒刀已说了,不用吩咐,小人自用十分好铁打造在此。"智深道:"两件家伙,要几两银子?"铁匠道:"不讨价,实要五两银子。"智深道:"俺依你五两银子。你若打得好时,再有赏你。"那铁匠接了银子道:"过些时日来取。"智深道:"俺有些碎银子在这里,和你买碗酒吃。"铁匠道:"师父稳便。小人赶趁些生活,不及相陪。"

智深离了铁匠店家,行不到三二十步,见一个酒望子挑出在房檐上。智深掀起帘子,入到里面坐下,敲着桌子叫道:"将酒来!"卖酒的主人家说道:"师父少罪,小人住的房屋也是寺里的,本钱也是寺里的。长老已有法旨:但是小人们卖酒与寺里僧人吃了,便要追了小人们本钱,又赶出屋。因此,只得休怪。"智深道:"胡乱的卖些与俺吃,俺须不说是你家便了。"那店主人道:"胡乱不得。师父别处去吃,休怪休怪。"智深只得起身,便道:"俺若别处吃得,却来和你说话!"出得店门,行了几步,又望见一家酒旗儿直挑出在门前。智深一直走进去,坐下叫道:"主人家,快把酒来卖与俺吃。"店主人道:"师父,你好不晓事。长老已有法旨,你须也知,却来坏我们衣饭。"智深不肯动身,三回五次,哪里肯卖。智深情知不肯,起身又走,连走了三五家,都不肯卖。智深寻思一计:"不生个道理,如何能够有酒吃。"

远远的杏花深处,市梢尽头,一家挑出个酒旗儿来。智深走到那里看时,却是个傍村小酒店。智深走入店里来,靠窗坐下,便叫道:"主人家,过往僧人买碗酒吃。"庄家看了一看道:"和尚,哪里来?"智深道:"俺是行脚僧人,游方到此经过,要买碗酒吃。"庄家道:"和尚若是五台山寺里的师父,我却不敢卖与你吃。"智深道:"俺不是。你快将酒卖来。"

酒家看见鲁智深这般模样,声音各别,便道:"你要打多少酒?"智深道:"休问多少,大碗只顾筛来。"约莫也吃了十来碗,智深问道:"有甚肉,把一盘来吃。"庄家道:"早来有些牛肉,都卖没了。"智深猛闻得一阵肉香,走出空地上看时,只见墙边砂锅里煮着一只狗在那里。智深道:"你家现有狗肉,如何不卖与俺吃?"庄家道:"我怕你是出家人不吃狗肉,因此不来问你。"智深道:"俺有银子,在这里。"便摸银子递与庄家道:"你且卖半只与俺。"

那庄家连忙取半只熟狗肉,捣些蒜泥,将来放在智深面前。智深大喜,用手扯那狗肉,蘸着蒜泥吃,一连又吃了十来碗酒,吃得口滑,只顾讨,哪里肯住。庄家倒都呆了,叫道:"和尚只恁地罢!"智深睁起眼道:"俺又不要白吃你的,管俺怎的!"庄家道:"再要多少?"智深道:"再打一桶来!"庄家只得又舀一桶来。智深不多时又吃了这桶酒,剩下一脚狗腿,拿来揣在怀里,临出门,又道:"多的银子,明日又来吃。"吓得庄家目瞪口呆,罔知所措,看他却向那五台山上去了。

智深走到半山亭子上,坐下一回,酒却涌上来,跳起身,口里道:"俺好些时不曾拽拳使脚,觉道身体都困倦了。俺且来使几路看。"下得亭子,把两只袖子搭在手里,上下左右使了一回,使得力发,只一膀子扇在亭子柱上,只听得刮剌剌一声响亮,把亭子柱打折了,坍了亭子半边。门子听得半山里响,高处看时,只见鲁智深一步一撷抢上山来。两个门子叫道:"苦也!这畜生今番又醉得不小可!"便把山门关上,把闩拴了,只在门缝里张时,见智深抢到山门下,见关了门,把拳头擂鼓也似敲门,两个门子哪里敢开。

智深敲了一回,扭过身来,看了左边的金刚,喝一声道:

"你这个呆大汉，不替俺敲门，却拿着拳头吓俺。俺须不怕你。"跳上台基，把栅剌子只一扳，却似撅葱般扳开了，拿起一根折木头，去那金刚腿上便打，簌簌地，泥和颜色都脱下来。门子张见道："苦也！"只得报知长老。智深等了一会，调转身来，看着右边金刚，喝一声道："你这厮张开大口，也来笑俺。"便跳过右边台基上，把那金刚脚上打了两下，只听得一声震天价响，那尊金刚从台基上倒撞下来。智深提着折木头大笑。

　　两个门子去报长老，长老道："休要惹他，你们自去。"只见这首座、监寺、都寺并一应职事僧人，都到方丈禀说："这野猫今日醉得不好，把半山亭子、山门下金刚，都打坏了，如何是好？"长老道："自古天子尚且避醉汉，何况老僧乎？若是打坏了金刚，请他的施主赵员外自来塑新的；倒了亭子，也要他修盖。这个且由他。"众僧道："金刚乃是山门之主，如何把来换过？"长老道："休说坏了金刚，便是打坏了殿上三世佛，也没奈何，只得回避他。你们见前日的行凶么？"

　　众僧出得方丈，都道："好个囫囵粥的长老！门子，你且休开，只在里面听。"智深在外面大叫道："秃驴们！不放俺入寺时，山门外讨把火来，烧了这个寺。"众僧听得，只得叫门子："拽了大闩，由那畜生进来。若不开时，真个做出来！"门子只得捻脚捻手拽了闩，飞也似闪入房里躲了。众僧也各自回避。

只说那鲁智深双手把山门尽力一推,扑地撒将入来,跌了一跤,爬将起来,把头摸一摸,直奔僧堂来。到得选佛场中,禅和子正打坐间,看见智深揭起帘子,钻将入来,都吃一惊,尽低着头。智深到得禅床边,喉咙里咯咯地响,向着地下便吐。众僧都闻不得那臭,个个道:"善哉!"齐掩了口鼻。

智深吐了一回,爬上禅床,解下绦,把直裰带子都毕毕剥剥扯断了,脱下那只狗腿来。智深道:"好!好!正肚饥哩!"扯来便吃。众僧看见,把袖子遮了脸。上下肩两个禅和子,远远地躲开。智深见他躲开,便扯一块狗肉,看着上首的道:"你也吃口。"上首的那和尚,把两只袖子死掩了脸。智深道:"你不吃?"把肉往下首的禅和子嘴边塞将去。那和尚躲不迭,却待下禅床。智深把他劈耳朵揪住,将肉便塞。对床四五个禅和子跳过来劝时,智深撒了狗肉,提起拳头,去那光脑袋上,毕毕剥剥只顾凿。满堂僧众大喊起来,都去柜中取了衣钵要走。此乱唤作"卷堂大散"。首座哪里禁约得住。智深一味地打将出来,大半禅客都躲出廊下来。

监寺、都寺不与长老说知,叫起一班职事僧人,点起老郎、火工道人、直厅、轿夫,约有一二百人,都执杖叉棍棒,尽使手巾盘头,一齐打入僧堂来。智深见了,大吼一声,别无器械,抢入僧堂里,佛面前推翻供桌,撅了两条桌脚,从堂里打将出来。众多僧行见他来得凶了,都拖了棒退到廊下。智深两条桌脚着地卷将来,众僧早两下合拢来。智深大怒,指东打西,指南打北,只饶了两头的。

当时智深直打到法堂下,只见长老喝道:"智深不得无礼!众僧也休动手!"两边众人被打伤了数十个,见长老来,各自退去。智深见众人退散,撇去了桌脚,叫道:"长老与俺做主!"此时酒已七八分醒了。长老道:"智深,你连累杀老僧。前番醉了一次,搅扰了一场,我教你兄赵员外得知,他写书来与众僧陪话。今番你又如此大醉无礼,乱了清规,打坍了亭子,又打坏了金刚,这个且由它。你搅得众僧卷堂而走,这个罪业非小。我这里五台山文殊菩萨道场,千百年清净香火去处,如何容得你这个秽污?你且随我来方丈里过几日,我安排你一个去处。"智深随长老到方丈去,长老一面叫职事僧人留住众禅客,再回僧堂,自去坐禅;打伤了和尚,自去将息。长老领智深到方丈歇了一夜。

次日,智真长老与首座商议:"收拾了些银两赍发他,教他别处去。可先说与赵员外知道。"长老随即修书一封,使两个直厅道人径到赵员外庄上说知情形,立等回报。赵员外看了来书,好生不然,回书来拜覆长老,说道:"坏了的金刚、亭子,赵某随即备价来修。智深任从长老发遣。"

长老得了回书,便叫侍者取领皂布直裰,一双僧鞋,十两白银,房中唤过智深。长老道:"智深,你前番一次大醉,闹了僧堂,便是误犯。今次又大醉,打坏了金刚,坍了亭子,卷堂闹了选佛场,你这罪业非轻。又把众禅客打伤了。我

这里出家,是个清净去处,你这等做作,甚是不好!看你赵
檀越面皮,与你这封书,投一个去处安身。我这里决然容你
不得了。我有一个师弟,现在东京大相国寺住持,唤作智清
禅师。我与你这封书,去投他那里讨个职事僧做。我夜来
看了,赠汝四句偈子,你可终生受用,记取今日之言。"智深
跪下道:"俺愿听偈子。"长老道:"遇林而起,遇山而富,遇州
而迁,遇江而止。"鲁智深听了四句偈子,拜了长老九拜,背
了包裹、腰包、肚包,藏了书信,辞了长老并众僧人,离了五
台山,径到铁匠间壁客店里歇了。等候打了禅杖、戒刀完
备,就动身而去。

火烧草料场

宋朝时候,东京城里有个八十万禁军枪棒教头姓林名冲,被太尉高俅父子陷害,刺配到沧州守城。幸得当地一个柴大官人名进的,十分看顾,那守城管营便派他去看守天王堂。

自此林冲在天王堂内,安排宿食处,每日只是烧香扫地。不觉光阴早过了四五十日,那管营、差拨得了贿赂,日久情熟,由他自在,亦不来拘管他。柴大官人又使人来送冬衣与他。那满营内囚徒,亦得林冲救济。

话不絮繁。时遇隆冬将近,忽一日,林冲已牌时分,偶出营前闲走。正行之间,只听得背后有人叫道:"林教头,如何却在这里?"林冲回头过来看时,见了那人,却认得是李小二。当初在东京时,多得林冲照顾。后来不合偷了店主人家钱财,被捉住了,要送官司问罪,却得林冲主张陪话,救了他,免送官司,又与他陪了些钱财,方得脱免。京中安不得身,又亏林冲发他盘缠,于路投奔人,不想今日却在这里撞见。

豹子头林冲

林冲道："小二哥，你如何也在这里？"李小二便拜道："自从得恩人救济，赍发小人，一地里投奔人不着，迤逦不想来到沧州，投托一个酒店主人姓王，留小二在店中做伙计。因见小人勤谨，安排的好菜蔬，调和的好汁水，来吃的人都喝彩，以此生意顺当。主人家有个女儿，就招了小人做女婿。如今丈人丈母都死了，只剩得小人夫妻两个，权在营前开了个茶酒店。因讨钱过来遇见恩人。恩人不知为何事在这里？"林冲指着脸上道："我因为被高太尉生事陷害，受了一场官司，刺配到这里。如今叫管天王堂，未知久后如何？不想今日到此看见你。"

李小二就请林冲到家里坐定，叫妻子出来拜了恩人。两口儿欢喜道："我夫妻二人正没个亲眷。今日得恩人到来，便是从天降下。"林冲道："我是罪囚，恐怕玷辱你夫妻两个。"李小二道："谁不知恩人大名，休恁地说。但有衣服，便拿来家里浆洗缝补。"当时款待林冲酒食，至夜送回天王堂。次日又来相请。因此林冲得李小二家来往，不时间送汤送水来营里，与林冲吃。林冲因见他两口儿恭敬孝顺，常把些银子与他做本钱。

且把闲话休提，只说正话。光阴迅速，却早冬来。林冲的棉衣裤袄都是李小二老婆整治缝补。忽一日，李小二正在门前安排菜蔬下饭，只见一个人闪将进来，酒店里坐下，随后又一人闪进来。看时，前面那个人是军官打扮，后面这个走卒模样跟着，也来坐下。李小二进来问道："可要吃酒?"只见那个人，拿出一两银子与李小二道："且收放柜上，取三四瓶好酒来。客到时，果品酒馔，只顾拿来，不必要问。"李小二道："官人请甚客?"那人道："烦你与我去营里请管营、差拨两个来说话。问时，你只说'有个官人请说话，商议些事务，专等专等'。"

李小二应承了，来到牢城里，先请了差拨，同到管营家里，请了管营，都到酒店里。只见那个官人和管营、差拨两个见了面。管营道："素不相识，请问官人高姓大名?"那人道："有书在此，少刻便知。且取酒来。"李小二连忙开了酒，一面摆上菜蔬果品酒馔。那人叫讨副劝盘来，把了盏，相让坐了。小二独自一个穿梭也似服侍不暇。那跟来的人讨了汤桶，自行烫酒。约计吃过十数杯，再添了好酒，摆放桌上。只见那人说道："我自有仆人烫酒。不叫，你休来。我等自要说话。"

李小二应了，自来门首叫老婆道："大姐，这两个人来得不尴尬。"老婆道："怎么地不尴尬?"小二道："这两个人语言声音是东京人，初时又不认得管营。向后我送酒进去时，只听得差拨口里，喊出'高太尉'三个字来。这人莫不与林教头身上有些干碍? 我自在门前理会，你且去阁子背后听说什么。"老婆道："你去营中寻林教头来，认他一认。"李小二道："你不晓得，林教头是个性急的人，摸不着便要杀人放火。倘我叫得他来看了，正是前日说的仇人陆虞侯，他怎肯甘休？做出事来，须连累了我和你。你只去听一听，再理会。"

老婆道："说的是。"便进去听了一个时辰，出来说道："他那三四个交头接耳说话，正不听得说什么。只见那一个军官模样的人，去仆人怀里取出一帕子物事，递与管营和差拨。帕子里面的，莫不是金银？只听差拨口里说道：'都在我身上。好歹要结果他性命！'"

正说之间，阁子里叫将"汤来"。李小二急去里面换汤时，看见管营手里拿着一封书。小二换了汤，添些下饭，又吃了半个时辰，算过了酒钱，管营、差拨先去了。次后，那两个低着头也去了。

转背不多时，只见林冲走到了店里来，说道："小二哥，连日好买卖？"李小二慌忙道："恩人请坐，小二却待正要寻恩人，有些要紧说话。"林冲问道："什么要紧的事？"李小二请林冲到里面坐下，说道："却才有个东京来的尴尬人，在我这里请管营、差拨，吃了半日酒。差拨口里喊出'高太尉'三个字来，小二心下疑惑，又着老婆听了一个时辰。他却交头接耳，说话都听不清。临了只见差拨口里应道：'都在我两个身上。好歹要结果了他！'那两个把一包金银，递与管营、差拨，又吃一回酒，各自散了。不知什么样人？小人心疑，只怕在恩人身上有些妨碍？"

林冲道：“那人生得什么模样？”李小二道：“五短身材，白净面皮，没甚髭须，约有三十余岁。那跟的也不长大，紫棠色面皮。”林冲听了大惊道：“这三十岁的，正是陆虞侯。那泼贱贼，敢来这里害我！休要撞着我，只教他骨肉为泥！”李小二道：“只要提防他便了。岂不闻古人云，‘吃饭防噎，走路防跌’？”

林冲大怒，离了李小二家，先去街上买把解腕尖刀，带在身上，前街后巷，遍地里去寻。李小二夫妻两个捏着两把汗。当晚无事。林冲次日天明起来，洗漱罢，带了刀，又去沧州城里城外，小街夹巷，团团寻了一日，牢城营里都没动静，又来对李小二道：“今日又无事。”小二道：“恩人，只愿如此。只是自放仔细便了。”林冲自回天土堂，过了一夜。街

上寻了三五日,不见消息,林冲也自心下懈了。

到第六日,只见管营叫唤林冲到点视厅上,说道:"你来这里许多时,柴大官人面皮,不曾抬举得你。此间东门外十五里,有座大军草料场,每月但是纳草纳料的,有些常例钱取觅,原是一个老军看管。如今我抬举你去,替那老军来守天王堂,你在那里寻几贯盘缠。你可和差拨便去那里交割。"林冲应道:"小人便去。"

当时离了营中,径到李小二家,对他夫妻两个说道:"今日管营拨我去大军草料场管事,却如何?"李小二道:"这个差使,又好似天王堂。那里收草料时,有些常例钱钞。往常不使钱时,不能有这差使。"林冲道:"却不害我,倒与我好差使,正不知甚意?"李小二道:"恩人休要疑心。只要没事便好了。只是小人家离得远了,过几时有工夫来望恩人。"就在家里安排几杯酒,请林冲吃了。

话不絮繁。两个相别了。林冲自到天王堂,取了包裹,带了尖刀,拿了条花枪,与差拨一同辞管营。两个取路投草料场来。正是严冬天气,彤云密布,朔风渐起,却早纷纷扬扬,卷下一天大雪来。林冲和差拨两个在路上又没买酒吃处,早来到草料场外。看时,一周遭有些黄土墙,两扇大门;推开看里面时,七八间草屋做着仓廒,四下里都是马草堆,中间两座草厅;到那厅里,只见那老军在里面向火。差拨说道:"管营差这个林冲来替你回天王堂看守,你可即便

交割。”

　　老军拿了钥匙，引着林冲吩咐道："仓廒内自有官司封记，这几堆草一堆堆都有数目。"老军都点明了堆数，又引林冲到草厅上。老军收拾行李，临了说道："火盆、锅子、碗、碟，都借与你。"林冲道："天王堂内我也有在那里，你要便拿了去。"老军指壁上挂一个大葫芦，说道："你若买酒吃时，只出草场，投东大路去二三里，便有酒家。"老军自和差拨回营里来。

　　只说林冲就床上放了包裹被铺，在炉上生些焰火起来。屋后有一堆柴炭，拿几块来，生在火炉里。仰面看那草屋时，四下里崩坏了，又被朔风吹撼，摇振得动，林冲道："这屋如何过得一冬？待雪晴了，去城中唤个泥水匠来修理。"向了一回火，觉得身上寒冷，寻思："却才老军所说，二里路外有那酒家，何不去沽些酒来吃？"便去包裹里取些碎银子，把花枪挑了酒葫芦，将火炭盖了，取毡笠子戴上，拿了钥匙出来，把草厅门拽上，出到大门首，把两扇草场门反拽上锁了，带了钥匙，信步投东。雪地里踏着碎琼乱玉，迤逦背着北风而行。

那雪正下得紧。行不上半里多路，看见一所古庙，林冲顶礼道："神明庇佑，赐福与我林冲。"又行了一回，望见一簇人家。林冲住脚看时，见篱笆中挑着一个酒旗儿在露天里。林冲径到店里，主人道："客人哪里来？"林冲道："你可认得这个葫芦儿？"主人看了道："这葫芦是草料场老军的。"林冲道："原来如此。"店主道："既是草料场看守大哥，且请少坐。天气寒冷，且酌三杯，权当接风。"

店家切一盘熟牛肉，烫一壶热酒，请林冲吃。又自买了些牛肉，又吃了数杯，就又买了一葫芦酒，包了那两块牛肉，留下些碎银子，把花枪挑着酒葫芦，怀内揣了牛肉，叫声"相扰"，便出篱笆门，仍旧迎着朔风回来。看那雪，到晚越下得紧了！

再说林冲踏着那雪，迎着北风，飞也似奔到草场门口，开了锁入内看时，只叫得苦。原来天理昭然，佑护善人义士！因这场大雪，救了林冲的性命。那两间草厅已被雪压倒了。林冲寻思："怎的好?"放下花枪、葫芦在雪里,恐怕火盆内有火炭延烧起来,搬开破壁子探半身向里摸时,火盆内火种都被雪水浸灭了。林冲把手床上摸时,只拽得一条絮被。林冲钻将出来,见天色黑了,寻思:"又没打火处,怎生安排?"想起离了这半里路上,有个古庙可以安身,"我且去那里宿一夜,等到天明,却做理会",把被卷了,花枪挑着酒葫芦,依旧把门拽上锁了,往那庙里来。

　　进得庙门,再把门掩上。旁边只有一块大石头,拨将过来靠了门。进得里面看时,殿上塑着一尊金甲山神,两边一个判官,一个小鬼,侧边堆着一堆纸。团团看来又没邻舍,又无庙主。林冲把枪和酒葫芦放在纸堆上,将那条絮被放开,先取下毡笠子,把身上雪都抖了,把穿的白布衫脱将下来,早有五分湿了,和毡笠放在供桌上,把被扯来,盖了半截下身,却把葫芦冷酒提来,慢慢地吃,就将怀中牛肉下酒。

　　正吃时,只听得外面毕毕剥剥地爆响,林冲跳起身来,就壁缝里看时,只见草料场里火起,刮刮杂杂地烧着。当时林冲便拿了花枪,却待开门来救火,只听外面有人说起话来。林冲就伏在门边听时,是三个人脚步响,直奔庙里来,用手推门,却被石头靠住了再也推不开。三人在庙檐下立着看火,数内一个道:"这一条计好么?"一个应道:"端的亏管营、差拨两位用心。回到京师,禀过太尉,都保你二位做大官。"一个道:"林冲今番直吃我们对付了。"又一个道:"太尉特使俺两个央二位干这件事,不想而今完备了!"又一个道:"小人直爬入墙里去,四下草堆上点了十来个火把,待走哪里去。"那一个道:"这早晚烧个八分过了。"又听得一个道:"便逃得性命时,烧了大军草料场,也得个死罪。"又一个道:"我们回城里去吧。"一个道:"再看一看。拾得他一两块骨头回京府里见太尉和衙内时,也道我们是会干事。"

　　林冲听那三个人时:一个是差拨,一个是陆虞侯,一个是富安。富安乃是一闲汉,最善钻营奉承,人唤作干鸟头,那高太尉父子陷害林冲,却少不了此人的主意。自思道:"天可怜我林冲。若不是倒了草厅,我准定被这厮们烧死了。"轻轻把石头掇开,挺着花枪,左手拽开庙门,大喝一声:

"泼贼哪里去!"三个人都急要走时,惊得呆了,正走不动。林冲举手喀嚓一枪,先搠倒差拨。陆虞侯叫声:"饶命!"吓得慌了手脚走不动。那富安走动到十来步,被林冲赶上,后心头一枪,又搠倒了。翻身回来,陆虞侯却才行得三四步。

林冲喝声道:"奸贼,你待哪里去!"劈胸只一提,丢翻在雪地上,把枪搠在地里,用脚踏住胸脯,身边取出那口刀来,便去陆虞侯脸上搁着,喝道:"泼贼!我自来又和你无什么冤仇,你如何这等害我!正是杀人可恕,情理难容!"陆虞侯告道:"不干小人事,太尉差遣,不敢不来。"林冲骂道:"奸贼!我与你自幼相交,今日倒来害我,怎不干你事!且吃我一刀。"把陆虞侯上身衣服扯开,把尖刀向心窝里只一剜,将心肝提在手里,回头看时,差拨正爬将起来要走。

　　林冲按住喝道:"你这厮原来也恁地歹!且吃我一刀。"又早把头割下来,挑在枪上,回来把富安与陆虞侯头都割下来,把尖刀插了,将三个人头发结做成一处,提入庙里来,都摆在山神面前供桌上,再穿了白布衫,系了搭膊,把毡笠子带上,将葫芦里冷酒都吃尽了,被与葫芦都丢了不要,提了枪,便出庙门投东而去。

杨志比武

话说宋朝时候，有个好汉叫作杨志，因为在东京天汉州桥卖刀，杀了泼皮牛二，被开封府收禁在监里。

天汉州桥下众人为是杨志除了街上害人之物，都筹些盘缠，凑些银两，来与他送饭，上下又替他使用。推司也觑他是个有名的好汉，又与东京街上除了一害，牛二家又没苦主，把罪状都改得轻了，三推六问，却招做"一时斗殴杀伤，误伤人命"。待了六十日限满，当厅推司禀过府尹，将杨志带出厅前，除了长枷，断了二十脊杖，刺了两行金印，迭配北京大名府留守司充军。那口宝刀没官入库。

当厅押了文牒，差两个防送公人，免不得是张龙、赵虎，把七斤半铁叶盘头护身枷钉了，吩咐两个公人，便教监押上路。天汉州桥那几个大户，筹措些银两钱物，等候杨志到来，请他两个公人一同到酒店里吃了些酒食，把出银两赍发两位防送公人，说道："念杨志是个好汉，与民除害。去北京路途中，望乞二位上下照顾，好生看他一看。"张龙、赵虎道："我两个

也知他是好汉，亦不必你众位吩咐，但请放心。"杨志谢了众人。其余多的银两，尽送与杨志做盘缠，众人各自散了。

话里只说杨志同两个公人，来取了原寄的衣服行李，安排些酒食，请了两个公人，寻医士买了几个棒伤的膏药贴了棒伤，便同两个公人上路。三个往北京进发，五里单牌，十里双牌，逢州过县，买些酒肉，不时间请张龙、赵虎吃。三人在路，夜宿旅馆，晓行驿道。不数日，来到北京，入得城中，寻个客店安下。

原来北京大名府留守司，上马管军，下马管民，最有权势。那留守唤作梁中书，名世杰，他是东京当朝太师蔡京的女婿。当日是二月初九日，留守升厅，两个公人解杨志到留守司厅前，呈上开封府公文。梁中书看了，原在东京时，也曾认得杨志，当下见了，备问情由。杨志便把杀死牛二的实情一一禀告了。梁中书听得大喜，当厅就开了枷，留在厅前听用，押了批回与两个公人，自回东京，不在话下。

只说杨志自在梁中书府中，早晚殷勤听候使唤。梁中书见他勤谨，有心要抬举他，欲要迁他做个军中副牌，月支一分饷银，只恐众人不服，因此传下号令，教军政司告示大小众将人员，来日都要出东郭门，教场中去演武试艺。当晚，梁中书唤杨志到厅前。梁中书道："我有心要抬举你，做军中副牌，月支一分饷银。只不知你武艺如何？"杨志禀道："小人应过武举出身，曾做殿司府制使职役，这十八般武艺，自小习学。今日蒙恩相抬举，如拨云见日一般。杨志若得寸进，当效衔环背鞍之报。"梁中书大喜，赐予一副衣甲。当夜无事。

次日天晓，时当二月中旬，正值风和日暖。梁中书早饭已罢，带领杨志上马，前遮后拥，往东郭门来。到得教场中，大小军卒并许多官员接见，就演武厅前下马。到厅上，正面撒着一把浑银交椅坐上。左右两边，齐臻臻地排着两行官员：指挥使、团练使、正制使、统领使、牙将、校尉、正牌军、副牌军。前后周围很威严地列着百员将校。

正将台上立着两个都监：一个唤作李天王李成，一个唤作闻大刀闻达。二人皆有万夫不当之勇，统领着许多军马，一齐都来朝着梁中书，呼三声喏。却早将台上竖起 面黄旗来。将台两边，左右列着三五十对金鼓手，一齐发起擂来，品了三通画角，发了三通擂鼓，教场里面谁敢高声。又见将台上竖起一面净平旗来，前后五军一齐整肃。将台上把一面引军红旗麾动，只见鼓声响处，五百军列成两阵，军士各执器械在手。将台上又把白旗招动，两阵马军齐齐地都立在面前，各把马勒住。

梁中书传下令来，叫唤副牌军周谨向前听令。右阵里周谨听得呼唤，跃马到厅前，跳下马，插了枪，暴雷也似声个大喏。梁中书道："着副牌军施逞本身武艺。"周谨得了将令，绰枪上马，在演武厅前左盘右旋，右盘左旋，将手中枪使

了几路,众人喝彩。

梁中书道:"叫东京拨来的军健杨志。"杨志走过厅前,唱个大喏。梁中书道:"杨志,我知你原是东京殿司府制使军官,犯罪配来此间。当此盗贼猖狂,国家用人之际,你敢与周谨比试武艺高低?如若赢得,便迁你充其职役。"杨志道:"若蒙恩相差遣,安敢有违钧旨。"梁中书叫取一匹战马来,教甲仗库随行官吏应付军器,教杨志披挂上马,与周谨比试。杨志去厅后取来衣甲穿了,拴束罢,带了头盔、弓箭、腰刀,手拿长枪上马,从厅后跑将出来。梁中书看了道:"着杨志与周谨先比枪。"周谨怒道:"这个贼配军,敢来与我交枪!"

当时周谨、杨志两个勒马在门旗下,正欲交战交锋,只见兵马都监闻达喝道："且住！"自上厅来禀复梁中书道："复恩相，论这两个比试武艺，虽然未见本事高低，枪刀本是无情之物，只宜杀贼剿寇。今日军中自家比试，恐有伤损，轻则残疾，重则致命，此乃于军不利。可将两根枪去了枪头，各用毡片包裹，地下蘸了石灰，再各上马，都与皂衫穿着，但是枪杆厮搠，如白点多者当输。"梁中书道："言之极当。"随即传令下去。

两个领了言语，向这演武厅后去了枪尖，都用毡片包了，缚成个骨朵，身上各换了皂衫，各用枪去石灰桶里，蘸了石灰，再各上马，出到阵前。杨志横枪立马看那周谨时，果是弓马熟娴。怎生结束？头戴皮盔，皂衫笼着一副熟铜甲，下穿一对战靴，系一条绯红包肚，骑一匹鹅黄马。那周谨跃马挺枪直取杨志，这杨志也拍战马，拈手中枪来战周谨。两个在阵前来来往往，反反复复，搅做一团，扭做一块。鞍上人斗人，坐下马斗马，两个斗了四五十合。看周谨时，恰似打翻了豆腐的，斑斑点点，约有三五十处。看杨志时，只有左肩胛下一点白。

梁中书大喜，叫唤周谨上厅，看了迹道："前官参你做个军中副牌，量你这般武艺，如何南征北讨？怎生做得副牌？教杨志替此人职役。"管军兵马都监李成上厅禀复梁中书道："周谨枪法生疏，弓马熟娴，把他退了职事，恐怕慢了军心。再教周谨与杨志比箭如何？"梁中书道："言之极当。"再传下将令来，叫杨志与周谨比箭。

两个得了将令，都插了枪，各自取了弓箭。杨志就弓袋内取出那张弓来，扣得端正，擎了弓，跳上了马，跑到厅前，立在马上，欠身禀复道："恩相，弓箭发处，事不容情，恐有伤损，乞请钧旨。"梁中书道："武夫比试，何虑伤残？但有本事，射死勿论。"杨志得令，回到阵前。李成传下言语，叫两个比箭好汉各给予一面遮箭牌，防护身体。两个各领了遮箭防牌，绾在臂上。

杨志说道："你先射我三箭，后却还你三箭。"周谨听了，恨不得把杨志一箭射个透明。杨志终是个军官出身，识破了他手段，全不把他为事。

当时将台上早把青旗麾动。杨志拍马往南边去，周谨纵马赶来，将缰绳搭在马鞍上，左手拿着弓，右手搭上箭，拽

得满满地,望杨志后心嗖地一箭。杨志听得背后弓弦响,霍地一闪,去镗里藏身,那支箭早射个空。

　　周谨见一箭射不着,却早慌了,再去壶中急取第二支箭来,搭上了弓弦,觑准了杨志,望着后心再射一箭。杨志听得第二支箭来,却不去镗里藏身。那支箭风也似来,杨志那时也取弓在手,用弓梢只一拨,那支箭滴溜溜拨下草地里去了。

　　周谨见第二支箭又射不着,心里越慌。杨志的马早跑到教场尽头,霍地把马一兜,那马便转身往正厅上走回来。周谨也把马只一勒,那马也跑回,就势里赶将来。去那绿茸茸芳草地上,八个马蹄翻盏撒钹相似,勃喇喇地风团儿也似般走。周谨再取第三支箭搭在弓弦上,扣得满满地,尽平生气力,眼睁睁地看着杨志后心窝上,一箭射将来。杨志听得弓弦响,扭回身,就鞍上把那支箭只一绰,绰在手里,便纵马入演武厅前,撇下周谨的箭。

　　梁中书见了大喜,便下号令,却叫杨志也射周谨三箭。将台上又把青旗麾动。周谨撇了弓箭,拿了防牌在手,拍着马望南而走。杨志在马上把腰只一纵,略将脚一拍,那匹马勃喇喇地便赶。杨志先把弓虚扯一扯,周谨在马上听得脑后弓弦响,扭转身来,便把防牌来迎,却早接个空。周谨寻思道:“那厮只会使枪,不会射箭。等他第二支箭再虚诈时,我便喝住了他,便算我赢了。”周谨的马早到教场南尽头,那马便转往演武厅来。杨志的马见周谨马跑转来，那马也便回身。杨志早去壶中掣出一支箭来，搭在弓弦上，心里想道："射中他后心窝，必至伤了他性命。他和我又没冤仇，咱们只射他不致命处便了。"左手如托泰山，右手如抱婴孩，弓开如满月，箭去似流星，说时迟，那时快，一箭正中周谨左肩。周谨措手不及，翻身落马。那匹空马直跑过演武厅背后去了。众军卒自去救那周谨去了。

梁中书见了大喜，叫军政司便呈文案来，教杨志接替了周谨职役。杨志神色不动，下了马，便一直向厅前来拜谢恩相，充其职役。不想阶下左边转上一个人来叫道："休要谢职！我和你两个比试。"杨志看那人时，身材七尺以上长短，面圆耳大，唇阔口方，腮边一部络腮胡须，威风凛凛，相貌堂堂。直到梁中书面前声了喏，禀道："周谨患病未愈，精神不到，因此误输与杨志。小将不才，愿与杨志比试武艺。如若小将折半点便宜与杨志，休教接替周谨，便教杨志替了小将职役，虽死而不怨。"

梁中书看时，不是别人，却是大名府留守司正牌军索超。为是他性急，撮盐入火，为国家面上只要争气，当先厮杀，以此人都叫他做急先锋。

李成听得，便下将台来，直到厅前禀复道："相公，这杨志既是殿司制使，必然好武艺。虽然周谨不是对手，正好与索正牌比试武艺，便见优劣。"梁中书听了，心中想道："我指望一力要抬举杨志，众将不服。一发等他赢了索超，他们也死而无怨，却无话说。"梁中书随即唤杨志上厅问道："你与索超比试武艺如何？"杨志禀道："恩相将令，安敢有违。"梁中书道："既然如此，你去厅后换了装束，好生披挂。"教甲仗库随行官吏，取应用军器给予，随后吩咐道："牵我的战马借与杨志骑。小心在意，休觑得等闲。"杨志谢了，自去结束。

却说李成吩咐索超道："你却难比别人，周谨是你徒弟，先自输了。你若有些疏失，吃他把大名府军官都看得轻了。我有一匹惯曾上阵的战马并一副披挂，都借与你。小心在意，休教折了锐气！"索超谢了，也自去结束。

梁中书起身，走出阶前来，从人移转银交椅，直到月台栏杆边放下。梁中书坐定，左右祗候两行，唤打伞的撑开那把银葫芦顶茶褐罗三檐凉伞来盖定在梁中书背后。

将台上传下将令，早把红旗招动。两边金鼓齐鸣，发一通擂，去那教场中两阵内各放了个炮。炮响处，索超跑马入阵内，藏在门旗下。杨志也从阵里跑马入军中，直到门旗背后。将台上又把黄旗招动，又发了一通擂，两军齐呐一声喊。教场中谁敢作声，静悄悄的。再一声锣响，扯起净平白旗，两下众官没一个敢走动胡言说话，静静地立着。

将台上又把青旗招动，只听第三通战鼓响处，去那左边阵内门旗下看看分开，鸾铃响处，闪出正牌军索超，直到阵前兜住马，拿军器在手，果是英雄。但见：头戴一顶熟钢狮子盔,脑后斗大来一颗红缨;身披一副铁叶攒成铠甲,腰系一条镀金兽面束带,前后两面青铜护心镜,上笼着一领绯红团花袍,上面垂两条绿绒缕领带,下穿一双黑皮长筒靴;左带一张弓,右悬一壶箭,手里横着一柄金蘸斧。坐下李都监那匹惯战能征雪白马。

右边阵内门旗下,看看分开,鸾铃响处,杨志扬手中枪出马直至阵前,勒住马,横着枪在手,果是勇猛!但见:头戴一顶铺霜耀日镔铁盔,上撒着一把青缨;身穿一副钩嵌梅花榆叶甲,系一条红绒打就勒甲绦,前后兽面掩心,上笼着一领白罗生色花袍,垂着条紫绒飞带;脚蹬一双黄皮衬底靴;一张皮靶弓,数根凿子箭,手中挺着浑铁点钢枪;骑的是梁中书那匹火块赤千里嘶风马。两边军将暗暗地喝彩:虽不知武艺如何,先是威风出众。

正南上旗牌官拿着销金令字旗,纵马而来,喝道:"奉相公钧旨,教你两个俱各用心,如有亏误处,定行责罚;若是赢时,多有重用。"二人得令,纵马出阵,都到教场中心,两马相交,二般兵器并举。索超愤怒,抡手中大斧,拍马来战杨志。杨志逞威,拈手中神枪来迎索超。两个在教场中间,将台前面,彼此将相交,各赌平生本事。一来一往,一去一回,四条臂膊纵横,八只马蹄缭乱。两个斗到五十余合,不分胜败。月台上梁中书看得呆了。两边众军官看了,喝彩不迭。

阵面上军士们递相厮觑道:"我们做了许多年军,也曾

出了几遭征,何曾见这等一对好汉厮杀!"李成、闻达在将台上不住声叫道:"好斗!"闻达心上只恐两个内伤了一个,慌忙招呼旗牌官拿着令字旗,与他分了。将台上忽地一声锣响,杨志和索超斗到是处,各自要争功,哪里肯回马。旗牌官飞来叫道:"两个好汉歇了,相公有令。"杨志、索超方才收了手中军器,勒坐下马,各跑回本阵来,立马在旗下看那梁中书,只等将令。

李成、闻达下将台来,直到月台下,禀复梁中书道:"相公,据这两个武艺一般,皆可重用。"梁中书大喜,传下将令,唤杨志、索超。旗牌官传令,唤两个到厅前,都下了马,小校接了二人的军器。两个都上厅来,遵依听令。梁中书叫取两锭白银,两件战袍来,赏赐二人,就叫军政司将两个都升做管军提辖使,便叫下了委状,从今日便任用他两个。索超、杨志都拜谢了梁中书,拿着赏赐下厅来,解了枪刀弓箭,卸了头盔衣甲，换了衣裳。索超也自去了披挂，换了锦袄，都上厅来，再拜谢了众军官。梁中书叫索超、杨志两个也见了礼，入班做了提辖。众军卒打着得胜鼓，把着那金鼓旗先散。梁中书和大小军官都在演武厅上筵宴。

看看红日西沉，筵席已罢。梁中书上了马，众官员都送归府。马头前摆着两个新参的提辖，上下肩都骑着马，头上亦都带着红花，迎入东郭门来。两边街道，扶老携幼，都看了欢喜。梁中书在马上问道："你那百姓欢喜为何？"众老人都跪了禀道："老汉等生在北京，长在大名，从不曾见今日这等两个好汉将军比试。今日教场中看了这般敌手，如何不欢喜！"梁中书在马上听了大喜。回到府中，众官各自散了。索超自有一班弟兄请去作庆饮酒。杨志新来，未有相识，自去梁府宿歇，早晚殷勤听候使唤。

吴用智取生辰纲

却说北京大名府梁中书,收买了十万贯礼物,要去庆贺他的丈人蔡京的生辰。一日在后堂坐下,只见蔡夫人问道:"相公,生辰纲几时起程?"梁中书道:"礼物都已完备,明后日便可起身,只是一件事,在此踌躇未决。"蔡夫人道:"有甚事踌躇未决?"梁中书道:"上年费了十万贯,收买金珠宝贝,送上东京去,只因用人不着,半路被贼劫将去了,至今无获。今年帐前,眼见得又没个了事的人送去,在此踌躇未决。"蔡夫人指着阶下道:"你常说这个人十分了得,何不着他委纸领状,送去走一遭,不致失误。"

梁中书看阶下那人时,却是青面兽杨志。梁中书大喜,便唤杨志上厅,说道:"我正忘了你。你若与我送得生辰纲去,我自有抬举你处。"杨志叉手向前禀道:"恩相差遣,不敢不依。只不知怎的打点?几时起身?"

梁中书道:"着落大名府差十辆太平车子,帐前拨十个厢禁军监押着车,每辆上各插一把黄旗,上

写着'献贺太师生辰纲'，每辆车子，再使个军健跟着。三日内便要起身去。"杨志道："非是小人推托，其实去不得。乞钧旨别差英雄精细的人去。"

梁中书道："我有心要抬举你，这献生辰纲的札子内，另修一封书在中间，太师跟前重重保你，受道敕命回来。如何倒生支词，推辞不去？"杨志道："恩相在上，小人也曾听得上年已被贼人劫去了，至今未获。今岁途中盗贼又多。此去东京，又无水路，都是旱路，经过的是紫金山、二龙山、桃花山、伞盖山、黄泥冈、白沙坞、野云渡、赤松林，这几处都是强人出没的去处。便兼单身客人，亦不敢独自经过。他知道是金银宝物，如何不来抢劫？枉结果了性命，以此去不得。"梁中书道："怎地时，多着军校防护送去便了。"杨志道："恩相便差五百人去,也不济事。这厮们一声听得强人来时,都是先走了的。"梁中书道:"你这般地说时,生辰纲不要送去了?"

杨志又禀道:"若依小人一件事,便敢送去。"梁中书道:"我既委在你身上,如何不依?你说!"杨志道:"若依小人说时,并不要车子,把礼物都装作十余条担子,只做客人的打扮,行货也点十个壮健的厢禁军,却装作脚夫挑着。只消一个人和小人去,却扮作客人,悄悄连夜上东京交付。恁地时方好。"梁中书道:"你说得甚是。我写书呈,重重保你,受道诰命回来。"杨志道:"深谢恩相抬举。"

当日便叫杨志一面打拴担脚,一面选拣军人。次日,叫杨志来厅前伺候,梁中书出厅来问道:"杨志,你几时起身?"杨志禀道:"告覆恩相,只在明早准行,就委领状。"梁中书道:"夫人也有一担礼物,另送与府中宝眷,也要你领。怕你不知头路,特地再教奶公谢都管并两个虞候和你一同去。"杨志告道:"恩相,杨志去不得了。"

梁中书说道:"礼物都已拴缚完备,如何又去不得?"杨志禀道:"此十担礼物,都在小人身上,和他众人都由杨志,要早行便早行,要晚行便晚行,要住便住,要歇便歇,亦依杨志提调。如今又叫老都管并虞候和小人去,他是夫人行的人,又是太师府门下奶公,倘或路上与小人执拗起来,杨志如何敢与他争执得?若误了大事时,杨志那其间如何分说?"梁中书道:"这个也容易,我叫他三个都听你提调便了。"杨志答道:"若是如此禀过,小人情愿便委领状。倘有疏失,甘当重罪。"

梁中书大喜道:"我也不枉了抬举你,真个有见识。"随即唤老谢都管并两个虞侯出来,当厅吩咐道:"杨志提辖情愿委了一纸领状,监押生辰纲十一担金珠宝贝赴京,太师府交收。这干系都在他身上。你三人和他做伴去,一路上早起晚行住歇,都要听他言语,不可和他执拗。夫人处吩咐的勾当,你三人自理会。小心在意,早去早回,休教有失。"老都管一一都应了。当日杨志领了。

次日早起五更,在府里把担都摆在厅前。老都管和两个虞侯,又将一小担财帛,共十一担,拣了十一个壮健的厢禁军,都做脚夫打扮。杨志戴上凉笠儿,穿着青纱衫子,系了缠带行履麻鞋,挎口腰刀,提条朴刀。老都管也打扮作个客人模样,两个虞侯假装作跟的伴当。各人都拿了条朴刀,又带几根藤条。梁中书付与了文札书呈。一行人都吃得饱了,在厅上拜辞了梁中书。看军人担仗起程,杨志和谢都管、两个虞侯监押着,一行共是十五人,离了梁府,出得北京城门,取大路投东京进发。

此时正是五月半天气,虽是晴明得好,只是酷热难行。杨志一心赶到六月十五日生辰,只得在路上趱行。自离了这北京五七日,端的只是起五更,趁早凉便行,日中热时,便歇。五七日后，人家渐少，行路又稀，一站站都是山路。杨志却要辰牌起身，申时便歇。那十一个厢禁军，担子又重，无有一个稍轻，天气热了，行不得，见着林子，便要去歇息。杨志赶着催促要行，如若停住，轻则痛骂，重则藤条便打，逼赶要行。两个虞候虽只背些包裹行李，也气喘了行不上。

杨志便嗔道："你两个好不晓事！这干系须是俺的！你们不替咱家打这夫子，却在背后也慢慢地挨，这路上不是要处。"那虞候道："不是我两个要慢走，其实热了行不动，因此落后。前日只是趁早凉走，如今怎地正热里要行，正是好歹

不均匀。"杨志道："你这般说话，却似放屁。前日行的，须是好地面，如今正是尴尬去处，若不日里赶过去，谁敢三更半夜走？"两个虞侯口里不言，肚中寻思："这厮不直得便骂人！"杨志提了朴刀，拿着藤条，自去赶那担子。

两个虞侯，坐在柳荫下，等得老都管来。两个虞侯告诉道："杨家那厮，强杀只是我相公门下一个提辖，直这般会做大！"老都管道："须是相公当面吩咐'休要和他执拗'，因此我不作声。这两日也看他不得，权且耐他。"两个虞侯道："相公也只是人情话儿，都管自做个主便了。"老都管又道："且耐他一耐。"

当日行到申牌时分，寻得一个客店里歇了。十一个厢禁军雨汗通流，都叹气吹嘘，对老都管说道："我们不幸做了军健，情知道被差出来。这般火似热的天气，又挑着重担，这两日又不拣早凉行，动不动老大藤条打来，都是一般父母皮肉，我们直恁地苦！"老都管道："你们不要怨恨，巴到东京时，我自赏你。"那军汉道："若是似都管看待我们时，并不敢怨恨。"又过了一夜。

次日，天色未明，众人起来，都要乘凉起身去。杨志跳起来喝道："哪里去！且睡了，却理会。"诸军汉道："趁早不走，日里热是走不得，却打我们。"杨志大骂道："你们省得什么！"拿了藤条要打。众军忍气吞声，只得睡了。当日直到辰牌时分，慢慢地打火，吃了饭走。一路上赶打着，不许投凉处歇。那十一个厢禁军口里喃喃讷讷地怨恨,两个虞侯在老都管面前,絮絮聒聒地搬口。老都管听了,也不着意,心内自恼他。

话休絮繁。似此行个十四五日,那十四个人,没一个不怨恨杨志。当日客店里,辰牌时分,慢慢地打火,吃了早饭行。正是六月初四日时节,天气未及晌午,一轮红日当天,没半点云彩,其实十分大热。当日行的路,都是山僻崎岖小径,南山北岭。却监着那十一个军汉,约行了二十余里路程。那军人们思量要去柳阴树下歇凉,被杨志拿着藤条打将来,喝道:"快走! 教你早歇。"众军人看那天时,四下里无半点云彩,其实那热不可当。杨志催促一行人在山中僻路里行。看看日色当午,那石头上热了脚疼,走不得。众军汉道:"这般天气热,兀的不晒杀人!"杨志喝着军汉道:"快走! 赶过前面冈子去,却再理会。"正行之间,前面迎着那土冈子。一行十五人奔上冈子来,歇下担仗,那十四人都去松林树下睡倒了。

杨志说道:"苦也! 这个是什么去处,你们却在这里歇凉! 起来,快走!"众军汉道:"你便剁我做七八段,也去不得了!"杨志拿起藤条,劈头劈脑打去,打得这个起来,那个睡倒。杨志无可奈何,只见两个虞侯和老都管气喘吁吁,也爬到冈子上松林下坐下喘气。看这杨志打那军健,老都管见了说道:"提辖,端的热了走不得,休见他罪过。"

杨志道:"都管,你不知,这里正是强人出没的去处,地名叫作黄泥冈。闲常太平时节,白日里兀自出来劫人,休道是这般光景。谁敢在这里停脚!"两个虞侯听杨志说了,便道:"我见你说好几遍了,只管把这话来惊吓人。"老都管道:"权且教他们众人歇一歇,略过日中行,如何?"杨志道:"你也没分晓了,如何使得? 这里下冈子来,兀自有七八里没人家,什么去处,敢在此歇凉!"老都管道:"我自坐一坐了走,你自去赶他众人先走。"

杨志拿着藤条喝道:"哪个不走的,吃俺二十棍!"众军汉一齐叫将起来。数内一个分说道:"提辖,我们挑着百十斤担子,须不比你空手走的。你端的不把人当人! 便是留守相公自来监押时,也容我们说一句。你好不知疼痒,只顾逞办!"杨志骂道:"这畜生不气死俺,只是打便了!"拿起藤条,劈脸又打去。

老都管喝道:"杨提辖且住,你听我说。我在东京太师府里做奶公时,门下军官见了成千成万,都向着我诺诺连声。不是我口浅,量你是个遭死的军人,相公可怜,抬举你做个提辖,比得芥菜子的官职,直得恁地逞能。休说我是相公家都管,便是村庄一个老的,也合依我劝一劝! 只顾把他们打,是何看待!"杨志道:"都管,你须是城市里人,生长在相府里,哪里知道途路上千难万难。"老都管道:"四川、两广也曾去来,不曾见你这般卖弄。"杨志道:"如今须不比太平时节。"都管道："你说这话，该剜口刮舌，今日天下怎的不太平？"

杨志却待要回言，只见对面松林里隐着一个人，在那里舒头探脑价望。杨志道："俺说什么，兀的不是歹人来了！"撇下藤条，拿了朴刀，赶入松林里来喝一声道："你这厮好大胆，怎敢看俺的行货！"赶来看时，只见松林里一字儿摆着七辆江州车儿，七个人在那里乘凉。一个鬓边老大一搭朱砂记，拿着一条朴刀。见杨志赶入来，七个人齐叫一声："呵也！"都跳起来。

杨志喝道："你等是什么人？"那七人道："你是什么人？"杨志又问道："你等莫不是歹人？"那七人道："你颠倒问，我等是小本经营，哪里有钱与你。"杨志道："你等小本经纪人，偏俺有大本钱？"那七人问道："你端的是什么人？"杨志道："你等且说是哪里来的人？"

那七人道："我等弟兄七人，是濠州人，贩枣子上东京去，路途打从这里经过。听得多人说，这里黄泥冈上时常有贼打劫客商。我等一面走，一头自说道：'我七个只有些枣子，别无甚财货，只顾过冈子来。'上得冈子，当不过这热，权且在这林子里歇一歇，待晚凉了行。只听得有人上冈子来，我们只怕是歹人，因此使这个兄弟出来看一看。"杨志道："原来如此，也是一般的客人。却才见你们窥望，唯恐是歹人，因此赶来看一看。"那七个人道："客官请吃几个枣子了

去。"杨志道:"不必。"提了朴刀,再回担边来。

老都管坐着道:"既是有贼,我们去休。"杨志说道:"俺只道是歹人,原来是几个贩枣子的客人。"老都管别了脸对众军道:"似你方才说时,他们都是没命的。"杨志道:"不必相闹。俺只要没事便好。你们且歇了,等凉些走。"众军汉都笑了,杨志也把朴刀插在地上,自去一边树下坐了歇凉。

没半碗饭时,只见远远的一个汉子,挑着一副担桶,唱上冈子来,唱道:

> 赤日炎炎似火烧,野田禾稻半枯焦。农夫心内如
> 汤煮,公子王孙把扇摇。

那汉子口里唱着,走上冈子,来松林里头歇下担桶,坐

地乘凉。众军看见了，便问那汉子道："你桶里是什么东西？"那汉子应道："是白酒。"众军道："挑往哪里去？"那汉子道："挑出村里卖。"众军道："多少钱一桶？"那汉子道："五贯足钱。"众军商量道："我们又热又渴，何不买些吃？也解暑气。"

正在那里凑钱，杨志见了喝道："你们又做什么？"众军道："买碗酒吃。"杨志调过朴刀杆便打，骂道："你们不得俺的言语，胡乱便要买酒吃，好大胆！"众军道："没事又来瞎乱。我们自凑钱买酒吃，干你甚事，也来打人。"杨志道："你这呆汉理会得什么！到来只顾吃嘴，全不晓得路途上的勾当艰难。多少好汉，被蒙汗药麻翻了。"那挑酒的汉子看着杨志，冷笑道："你这客官好不晓事，早是我不卖与你吃，却说出这般没气力的话来。"

正在松林边喧闹争说，只见对面松林里那伙贩枣子的官人，提着朴刀走出来问道："你们做什么闹？"那挑酒的汉

子道："我自挑这酒过冈子村里卖，热了在此歇凉。他众人要问我买些吃，我又不曾卖与他。这个客官道我酒里有什么蒙汗药。你道好笑么？说出这般话来！"那七个客人说道："我只道有歹人出来，原来是如此。说一声也不打紧。我们正想酒来解渴，既是他们疑心，且卖一桶与我们吃。"那挑酒的道："不卖！不卖！"这七个客人道："你这汉子也不晓事，我们并不曾说你。你左右将到村里去卖，一般付你钱，便卖些与我们，有什么要紧？看你好比是舍施了茶汤，便又救了我们热渴。"那挑酒的汉子便道："卖一桶与你原可，只是被他们说的不好，又没碗瓢舀吃。"

那七人道："你这汉子忒认真，便说了一声，打什么要紧？我们自有椰瓢在这里。"只见七个客人去车子前取出两个椰瓢来，一个捧出一大捧枣子来。七个人立在桶边，开了桶盖，轮替换着舀那酒吃，把枣子过口，不一时，一桶酒都吃尽了。七个客人道："正不曾问得你多少价钱？"那汉道："我一了不说价，五贯足钱一桶，十贯一担。"七个客人道："五贯便依你五贯，只添我们一瓢吃。"那汉道："添不得，做定的价钱。"一个客人把钱给他，一个客人便去揭开桶盖兜了一瓢，拿上便吃。那汉去夺时，这客人手拿半瓢酒，往松林里便走。

那汉赶将去。只见这边一个客人，从松林里走将出来，手里拿一个瓢，便来桶里舀了一瓢酒。那汉看见，抢来劈手夺住,往桶里一倾,便盖了桶盖,将瓢往地下一丢,口里说道:"你这客人,好不君子相!戴头识脸的,也这般啰唣!"

那对过众军汉见了,心内痒起来,都待要吃。数中一个看着老都管道:"老爷爷,与我们说一声。那卖枣子的客人买他一桶吃了,我们胡乱也买他这桶吃,润一润喉也好。其实热渴了,没奈何,这里冈子上又没讨水吃处。老爷方便。"老都管见众军所说,自心里也要吃得些,竟来对杨志说:"那贩枣子客人已买了他一桶吃,只有这一桶,胡乱教他们买吃些避暑气。冈子上端的没处讨水吃。"杨志寻思道:"俺在远处望这厮们都买他的酒吃了,那桶里当面也见吃了半瓢,想是好的。打了他们半日,胡乱容他买碗吃罢。"杨志道:"既然老都管说了,教这厮们买吃了便起身。"众军健听了这话,凑了五贯足钱来买酒吃。

那卖酒的汉子道:"不卖了!不卖了!这酒里有蒙汗药在里头。"众军赔笑着,说道:"大哥,值得便还言语。"那汉道:"不卖了,休缠!"这贩枣子的客人劝道:"你这个汉子,他也说得差了,你也忒认真,连累我们也吃你说了几声。并不关他众人之事,胡乱卖与他众人吃些。"那汉道:"没事讨别人疑心做什么?"这贩枣子客人,把那卖酒的汉子推开一边,只顾将这桶酒提与众军去吃。

那军汉开了桶盖,无甚舀吃,赔个小心,问客人借这椰瓢用一用。众客人道:"就送这几个枣子与你们过酒。"众军谢道:"多承得很。"客人道:"休要相谢,都一般客人,何争在这百十个枣子上。"众军谢了,先兜两瓢,叫老都管吃一瓢,杨提辖吃一瓢。杨志哪里肯吃,老都管自先吃了一瓢,两个虞侯各吃一瓢。众军汉都齐上,那桶酒登时吃尽了。杨志见众人吃了无事,自本不吃,一者天气甚热,二乃口渴难熬,拿起来,只吃了一半,枣子分几个吃了。那卖酒的汉子说道:"这桶酒被那客人兜了一瓢吃了,少了你些酒,我今让了你众人半贯钱罢。"众军汉凑出钱来付他。那汉子收了钱,挑了空桶,依然唱着山歌,自下冈子去了。

那七个贩枣子的客人，立在松树旁边，指着这一十五人说道："倒也！倒也！"只见这十五个人，头重脚轻，一个个面面相觑，都软倒了。那七个客人，从松树林里推出那七辆江州车儿，把车子上枣子都丢在地上，将这十一担金珠宝贝都装在车子内，遮盖好了，叫声"聒噪"，一直往黄泥冈下推去了。杨志口里只是叫苦，软了身体，挣扎不起。十五人眼睁睁地看着那七个人把那金宝装了去，只是起不来，挣不动，说不得。

我且问你：这七人端的是谁？不是别人，原来正是晁盖、吴用、公孙胜、刘唐、三阮这七个。却才那个挑酒的汉子，便是白日鼠白胜。却怎的用药？原来挑上冈子时，两桶都是好酒。七个人先吃了一桶，刘唐揭起桶盖，又兜了半瓢吃，故意要他们看着，只是叫人死心塌地。次后，吴用去松林里取出药来，抖在瓢里，只做走来兜他酒吃，把瓢去兜时，药已搅在酒里，假意兜半瓢吃，那白胜劈手夺来，倾在桶里。这个便是计策。那计较都是吴用主张。这个唤作"智取生辰纲"。

原来杨志吃的酒少，便醒得快，爬将起来，兀自提脚不住。看那十四个人时，口角流涎，都动不得。杨志愤懑道："为你们失去生辰纲，却教俺如何回去见得梁中书！这纸领状，必缴不得！"就扯破了。"如今害得俺有家难奔，有国难投！待走哪里去？不如就这冈子上寻个死处！"撩衣迈步，

却待往黄泥岗下跃身一跳,猛可醒悟,拽住了脚,寻思道:
"爷娘生下了俺,堂堂仪表,凛凛一躯。自小学成十八般武
艺在身,终不成只这般休了? 比及今日寻个死处,不如日后
等他拿得着时,却再理会。"回身再看那十四个人时,只是眼
睁睁地看着杨志,没个挣扎得起。杨志指着骂道:"都是你
这厮们不听我言语,因此做将出来,连累着俺了!"树根头拿
了朴刀,挂了腰刀,周围看时,别无物件,杨志叹了口气,一
直下冈子去了。

那十四个人直到二更方才得醒,一个个爬将起来,口里
只叫得连珠箭的苦。老都管道:"你们众人不听杨提辖的好
言语,今日送了我命!"众人道:"老爷,今日事已做出来了,
且通个商量。"老都管道:"你们有甚见识?"众人道:"是我们

不是了。古人有言：火烧到身，各自去扫；蜂虿入怀，随即解衣。若还杨提辖在这里，我们都说不过。如今他自去得不知去向，我们回去，见梁中书相公，何不都推在他身上，只说道："他一路上凌辱打骂众人，逼迫得我们都动不得。他和强人做一路，把蒙汗药将俺们麻翻了，缚了手脚，将金宝都掳去了。"

老都管道："这话也说得是。我们等天明，先去本处官司首告，留下两个虞侯随衙听候，捉拿贼人。我等众人连夜赶回北京，报与本官知道，教动文书，申覆太师得知。太师得知，着落济州府追获这伙强人便了。"

武松醉打蒋门神

宋朝时候，清河县有个好汉姓武名松，排行第二，生得身体壮伟，性子刚烈，曾经在阳谷县景阳冈上打死一只老虎，凡知道的人，都爱慕他，后来因为替他的哥哥武大报仇，杀死了人，这才刺配到孟州牢营里来。

话说武松到了孟州以后，不但没有吃苦，却每天见一军人拿了鱼肉酒菜给他吃，又搬茶送水，待得他十分好。武松心里正委决不下，一日晌午，那人又把酒食搬将来。武松忍耐不住，按定盒子问那人道："你是谁家伴当？怎的只顾将酒食来请我？"那人答道："小人前日已禀过了，小人是管营相公家里体己人。"武松道："我且问你，每日送的酒食，正是谁教你将来请我？吃了怎的？"那人道："是管营相公家里的小管营教送与你吃的。"

武松道："我是个囚徒犯罪的人，又不曾有半点好处到管营相公处，他如何送东西与我吃？"那人道："小人如何省得。"

武松道："却又蹊跷！我自是清河县人氏，他自是孟州人，自来素不相识，如何这

武松
行者

般看觑我? 必有个缘故。我且问你,那小管营姓甚名谁?"
那人道:"姓施,名恩,使得好拳棒,人都叫他做金眼彪
施恩。"

　　武松听了道:"想他必是个好男子。你且去请他出来,
和我相见了,这酒食便可吃你的。你若不请他出来和我厮
见时,我半点儿也不吃!"那人道:"小管营吩咐小人'休要说
知备细'。教小人待半年三个月,方才说知相见。"武松道:
"休要胡说! 你只去请小管营出来,和我相会了便罢。"那人
害怕,哪里肯去。武松焦躁起来,那人只得去里面说知。

　　不多时,只见施恩从里面跑将出来,看着武松便拜。武
松慌忙答礼,说道:"小人是个治下的囚徒,从来未曾拜识尊

颜,前日既蒙救了一顿大棒,今又蒙每日好酒好食相待,甚是不当。又没半点儿差遣,正是无功受禄,寝食不安。"施恩答道:"小弟久闻兄长大名,如雷贯耳,只恨云程阻隔,不能够相见。今日幸得兄长至此,正要拜识威颜,只恨无物款待,因此怀羞,不敢相见。"

武松问道:"方才听得伴当所说,且教武松过半年三个月,却有话说。不知小管营要与小人说什么?"施恩道:"村仆不省得事,脱口便对兄长说知道。这却如何造次说得!"武松道:"管营怎地含糊不说明白,倒教武松憋破肚皮闷了,怎的过得! 你且说正是要我怎地?"施恩道:"既是村仆说出了,小弟只得告诉。因为长兄是个大丈夫,真男子,有件事欲要相央,除是兄长便行得。只是兄长远路到此,气力有亏,未经完足。且请将息半年三五个月,待兄长气力完足,那时却待兄长说知备细。"

武松听了,呵呵大笑道:"管营听禀,我去年害了三个月疟疾,景阳冈上酒醉里打翻了一只猛虎,也是三拳两脚便打死了,何况今日!"施恩道:"而今且未可说。且等兄长再养息几时,待贵体完完备备,那时方敢告诉。"武松道:"只是道我没气力了! 既是如此说时,我昨日看见天王堂前那个石墩,约有多少斤重?"施恩道:"恐怕有三五百斤重。"武松道:"我且和你去看看,武松不知拔得动也不?"施恩道:"请吃罢酒了同去。"武松道:"且去了回来吃未迟。"

两个来到天王堂前，众囚徒见武松和小管营同来，都躬身唱喏。武松把石墩略摇一摇，大笑道："小人真个娇惰了，哪里拔得动！"施恩道："三五百斤石头，如何轻视得它。"武松笑道："小管营也信真个拿不起？你众人且躲开，看武松拿一拿。"武松便把上半截衣裳脱下，拴在腰里，把那个石墩只一抱，轻轻地抱将起来，双手把石墩只一撇，扑地打下地里一尺来深。众囚徒见了，尽皆骇然。武松再把右手向那石墩上的阙眼里一提，提将起来，望空中一掷，掷起去离地一丈来高。武松双手只一接，接来轻轻地仍安在原旧处，回过身来，看着施恩并众囚徒，面上不红，心头不跳，口里不喘。

施恩近前抱住武松便拜道："兄长非凡人也！真天神！"众囚徒一齐都拜道："真神人也！"施恩便请武松到私宅堂上请坐了。武松道："小管营今番爽直说知，有甚事使令我去？"施恩道："且请少坐，待家父出来相见了时，却得相烦告诉。"武松道："你要教人干事，不要这等儿女相，恁地不是干事的人了！便是一刀一割的勾当，武松也替你去干。若是有些诈佞，非为人也！"

那施恩叉手不离方寸，向前说道："兄长请坐，待小弟详细告诉衷曲之事。"武松道："小管营不要文文绉绉，只拣紧要的话直说来。"施恩道："小弟自幼从江湖上师父学得些小枪棒在身，孟州一境起小弟一个诨名，叫作金眼彪。小弟此间东门外，有一座市镇，地名唤作快活林。但是山东、河北客商们都来那里做买卖，有百十处大客店，三二十处赌坊、兑坊。往常时，小弟一者倚仗随身本事，二者捉着营里有八九十个拼命囚徒，去那里开着一个酒肉店，都分与众店家和赌坊、兑坊里。但有过路妓女之人，到那里来时，先要来参见小弟，然后许她去趁食。那许多去处每朝每日都有闲钱，月终也有三二百两银子寻觅，如此赚钱。"

"近来被这本营内张团练，新从东潞州来，带一个人到此。那厮姓蒋，名忠，有九尺来长身材，因此，江湖上起他一个诨名，叫作蒋门神。那厮不特长大，原来有一身好本事，使得好枪棒，拽拳飞脚，相扑为最。自夸大言'三年上泰岳争交,不曾有对;普天之下,没我一般的了!'因此,来夺小弟的生意。小弟不肯让他,吃那厮一顿拳脚打了,两个月起不得床。前日兄长来时,兀自包着头,兜着手,直到如今,创痕未消。本待要约人去和他厮打,他却有张团练那一班儿正军,若自闹将起来,和营中先自折理,有这一点无穷之恨,不能报得。久闻兄长是个大丈夫,怎的得兄长与小弟出得这口无穷之怨气,死而瞑目。只恐兄长远路辛苦,气未完,力未足,因此且教养息半年三月,等贵体气完力足,方请商议。不期村仆脱口先言说了,小弟当以实告。"

武松听罢,呵呵大笑,便问道:"那蒋门神还是几颗头,几条臂膊?"施恩道:"也只是一颗头,两条臂膊,如何有多?"武松笑道:"我只道他三头六臂,有哪吒的本事,我便怕他。原来只是一颗头,两条臂膊!既然没哪吒的模样,却如何怕他?"施恩道:"只是小弟力薄艺疏,便敌他不过。"武松道:"我却不是说嘴,凭着我胸中本事,平生只是打天下硬汉,不明道德的人!既是怎地说了,如今却在这里做什么!有酒时,拿了去路上吃。我如今便和你去,看我把这厮如老虎一般结果他。拳头重时打死了,我自偿命!"

施恩道:"兄长少坐。待家父出来相见了,当行即行,未敢造次。等明日先使人去那里探听一遭,若是本人在家时,后日便去;若是那厮不在家时,却再理会。空自去打草惊蛇倒吃他做了手脚,却是不好。"武松焦躁道:"小管营,你可知着他打了,原来不是男子做事。去便去,等什么今日明日!要去便走,怕他准备!"

正在那里劝不住,只见屏风背后转出老管营来,叫道:"义士,老汉听你多时也。今日幸得相见义士一面,愚男如拨云见日一般。且请到后堂,少叙片时。"武松跟了到里面。老管营道:"义士且请坐。"武松道:"小人是个囚徒,如何敢对相公坐着?"老管营道:"义士休如此说。愚男万幸,得遇足下,何故谦让?"

武松听罢,唱个无礼喏,相对便坐了。施恩却立在面前。武松道:"小管营如何却立着?"施恩道:"家父在上相陪,兄长请自尊便。"武松道:"恁地时,小人却不自在。"老管营道:"既是义士如此,这里又无外人。"便叫施恩也坐了。

仆从搬出酒肴果品盘馔之类。老管营亲自与武松把盏,说道:"义士如此英雄,谁不钦敬! 愚男原在快活林中做些买卖,非为贪财好利,实是壮观孟州,增添豪侠气象。不期今被蒋门神倚势豪强,公然夺了这个去处,非义士英雄,不能报仇雪恨。义士不弃愚男,满饮此杯,受愚男四拜,拜为兄长,以表恭敬之心。"武松答道:"小人有何才学,如何敢受小管营之礼? 枉自折了武松的草料!"当下饮过酒,施恩磕头便拜了四拜。武松连忙答礼,结为兄弟。当日武松欢喜饮酒,吃得大醉了,便叫人扶去房中安歇,不在话下。

次日,施恩父子商议道:"都头昨夜沉醉,必然中酒,今日如何敢叫他去？且推道使人探听来，其人不在家里，延挨一日，却再理会。"当日施恩来见武松，说道："今日且未可去，小弟已使人探知这厮不在家里。明日饭后却请兄长去。"武松道："明日去时不打紧，今日又气我一日！"

早饭罢，吃了茶，施恩与武松去营前闲走了一遭，回来到客房里，说些枪法，较量些拳棒。看看晌午，邀武松到家里，只具着数杯酒相待，武松心中很不舒服。

吃了午饭，起身别了，回到客房里坐下。只见那两个仆人，又来服侍武松洗浴。武松问道："你家小管营今日如何只将肉食出来请我，却不多将些酒出来与我吃，是甚意故？"仆人答道："不敢瞒都头说，今早老管营和小管营议论，今日本是要央都头去，怕都头夜来酒多，恐今日中酒，怕误了正事，因此不敢将酒出来。明日正要央都头去干正事。"武松道："恁他时，道我醉了，误了你大事？"仆人道："正是这般计较。"当夜武松巴不得天明。

早起来洗漱罢，头上裹了一顶万字头巾，身上穿了一领土色布衫，腰里系条红绢搭膊，下面腿绑护膝八搭麻鞋，讨了一个小膏药，贴了脸上金印。施恩早来请去家里吃早饭，武松吃了茶饭罢，施恩便道："后槽有马，备来骑去。"武松道："我又不脚小，骑那马怎的？只要依我一件事。"施恩道："哥哥但说无妨，小弟如何敢道不依。"武松道："我和你出得城去，只要还我'无三不过望'。"

施恩道："兄长，如何'无三不过望'？小弟不省其意。"武松笑道："我说与你。你要打蒋门神时，出得城去，但遇着一个酒店，便请我吃三碗酒，若无三碗时，便不过望子去。这个唤作'无三不过望'。"施恩听了想道："这快活林离东门去有十四五里田地，算来卖酒的人家也有十二三家，若要每店吃三碗时，恰好有三十五六碗酒，才到得那里。恐哥哥醉了，如何使得？"

武松大笑道："你怕我醉了没本事？我却是没酒没本事！带一分酒，便有一分本事；五分酒，五分本事；我若吃了十分酒，这气力不知从何而来。若不是酒醉后了胆大，景阳冈上如何打得那只猛虎？那时节，我须烂醉了好下手，又有力，又有势！"施恩道："却不知哥哥是恁地。家下有的是好酒，只恐哥哥醉了失事，因此夜来不敢将酒出来请哥哥畅饮。既是哥哥酒后愈有本事时，恁地先教两个仆人，自办了家里好酒、果品肴馔，去前路等候，却和哥哥慢慢地饮了去。"

武松道："恁么却才中我意。去打蒋门神，教我也有些胆量。没酒吃，如何使得手段出来？包管今朝打倒那厮，教众人大笑一场。"施恩当时打点了，叫两个仆人，先挑食箩酒担，拿了些铜钱去了。老管营又暗暗地选拣了一二十条壮健大汉，慢慢随后来接应，都吩咐下了。

且道施恩和武松两个离了安平寨，出得孟州东门外来。

行过得三五百步，只见官道旁边，早望见一座酒肆望子挑出在檐前。那两个挑食担的仆人，已先在那里等候。施恩邀武松到里面坐下，仆人已先安下肴馔，将酒来筛。武松道："不要小盏儿吃。大碗筛来，只斟三碗。"仆人排下大碗，将酒便斟。武松也不谦让，连吃了三碗便起身。仆人慌忙收拾了器皿，奔前去了。

武松笑道："却才去肚里发一发，我们去休。"两个便离了这座酒肆，出得店来。此时正是七月间天气，炎暑未消，金风乍起。两个解开衣襟，又行不到一里多路，来到一处，不村不郭，却早又望见一个酒旗儿，高挑出在树林里。来到林木丛中看时，却是一座卖村醪小酒店，施恩立住了脚问道："此间是个村醪酒店，也算一望么？"武松道："是酒望，须饮三碗。若是无三，不过去便了。"两个入来坐下，仆人排了酒碗果品。武松连吃了三碗，便起身走。仆人急急收了家伙什物，赶前去了。两个出得店门来，又行不到一二里路上，又见个酒店，武松进来，又吃了三碗便走。

话休絮繁。武松、施恩两个一处走着，但遇酒店便入去吃三碗。约莫也吃过十来处酒肆，施恩看武松时，不十分醉。武松问施恩道："此去快活林还有多少路？"施恩道："没多远了，只在前面，远远地望见那个林子便是。"武松道："既是到了，你且在别处等我，我自去寻他。"施恩道："这话最好。小弟自有安身去处。望兄长在意，切不可轻敌。"武松道："这个却不妨，你只要叫仆人送我，前面再有酒店时，我还要吃。"施恩叫仆人仍旧送武松，自去了。

武松又行不到三四里路，再吃过十来碗酒。此时已有午牌时分，天色正热，却有些微风。武松酒却涌上来，把布衫摊开，虽然带着五七分酒，却装作十分醉的，前攧后偃，东倒西歪。来到林子前，仆人用手指道："只前头丁字路口，便是蒋门神酒店。"武松道："既是到了，你自去躲得远着。等我打倒了，你们却来。"

武松走过林子背后，见一个金刚样大汉，披着一领白布衫，撒开一把交椅，拿着蝇拂子，坐在绿槐树下乘凉。武松假醉佯颠，斜着眼看了一看，心中自忖道："这个大汉一定是蒋门神了。"直闯过去。又行不到三五十步，早见丁字路口一个大酒店，檐前立着望竿，上面挂着一个酒望子，写着四个大字，"河阳风月"。转过来看时，门前一带绿油栏杆，插着两把销金旗，每把上五个金字，写道："醉里乾坤大，壶中日月长。"一边厢肉案、砧头、操刀的家伙，一边厢蒸馒头、烧柴的厨灶。那里面一字儿摆着三只大酒缸，半截埋在地里，缸里面各有大半缸酒。正中间装列着柜身子，里面坐着一个年纪小的妇人，正是蒋门神初来孟州新娶的妾，原是西瓦子里唱说诸般宫调的顶老。武松看了，瞅着醉眼，径奔入酒店里来，便去柜身相对一副座头上坐了，把双手按着桌子上，不转眼看那妇人。那妇人瞧见，回转头看了别处。

武松看那店里时，也有五七个酒保。武松却敲着桌子，叫道："卖酒的主人家在哪里？"一个当头酒保过来，看着武松道："客人要打多少酒？"武松道："打两角酒，先把些来尝看。"那酒保去柜上叫那妇人打两角酒下来，倾放桶里，烫一碗过来道："客人尝酒。"武松拿起来闻一闻，摇着头道："不好！不好！换将来！"酒保见他醉了，拿到柜上道："娘子，胡乱换些与他。"那妇人接来，倾了那酒，又舀些上等酒下来。酒保拿去，又烫一碗过来。

武松提起来咂一咂，叫道："这酒也不好！快换来，便饶你！"酒保忍气吞声，拿了酒去柜边道："娘子，胡乱再换些好的与他，休和他一般见识。这客人醉了，只要寻闹相似，便换些上好酒与他罢。"那妇人又舀了一等上色的好酒来与酒保。酒保把桶儿放在面前，又烫一碗过来。武松吃了道："这酒略有些意思。"问道："伙计，你那主人家姓什么？"酒保答道："姓蒋。"武松道："却如何不姓李？"那妇人听了道："这厮哪里吃醉了，来这里讨野火么！"酒保道："眼见得是个外乡蛮子，不省得了。在那里放屁！"武松问道："你说什么？"酒保道："我们自说话，客人你休管，自吃酒。"

武松道："伙计，叫你柜上那妇人下来，相伴我吃酒。"酒保喝道："休胡说！这是主人家娘子。"武松道："便是主人家娘子，待怎的？相伴我吃酒也不打紧！"那妇人大怒，便骂道："杀才！该死的贼！"推开柜身子，却待奔出来。武松早把土色布衫脱下，上半截揣在怀里，便把那桶酒只一泼，泼在地上，抢入柜身子里，却好接着那妇人。武松手硬，哪里挣扎得。被武松一手接住腰胯，一手把冠儿捏作粉碎，揪住云髻，隔柜身子提将出来，往那酒缸里只一丢，听得扑通的一声响，可怜这妇人，正被直丢在大酒缸里。

武松托地从柜身前踏将出来。有几个酒保，手脚活些的，都抢来奔武松。武松手到，轻轻地只一提，提一个过来，两手揪住，也往大酒缸里只一丢，装在里面；又一个酒保奔来，提着头只一掠，也丢在酒缸里；再有两个来的酒保，一拳一脚，都被武松打倒了。先头三个人，在三只酒缸里，哪里挣扎得起；后面两个人，在酒地上爬不动。有未受打的走了一个。武松道："那厮必然去报蒋门神来。我就接将去，大路上打倒他好看，教众人笑一笑。"武松大踏步赶将出来。

那走出的径奔去报了蒋门神。蒋门神见说，吃了一惊，踢翻了交椅，丢去蝇拂子，便钻将来。武松却好迎着，正在大阔路上撞见。蒋门神虽然长大，见着武松雄赳赳的，不觉先自吃了一惊，奔将来，那步不曾停住，怎的及得武松虎一般似健的人，又有心来算他。

蒋门神见了武松，心里先欺他醉，只顾赶将入来。说时迟，那时快，武松先把两个拳头去蒋门神脸上虚影一影，忽然转身便走。蒋门神大怒，抢将来，被武松一飞脚踢起，踢中蒋门神小腹上，双手按了，便蹲下去。武松一踅，踅将过来,那只右脚早踢起,直飞在蒋门神额角上,踢着正中,往后便倒。武松追入一步,踏住胸脯,提起这醋钵儿大小拳头,往蒋门神头上便打。

原来说过的打蒋门神扑手:先把拳头虚影一影,便转身,却先飞起左脚,踢中了,便转过身来,再飞起右脚。这一扑有名,唤作"玉环步,鸳鸯脚"。这是武松平生的真才实学,非同小可!打得蒋门神在地下叫饶。武松喝道:"若要我饶你性命,只要依我三件事!"蒋门神在地下叫道:"好汉饶我!休说三件,便是三百件,我也依得!"

武松道:"第一件,要你便离了快活林,将一应家伙什物,随即交还原主金眼彪施恩。谁教你强夺他的?"蒋门神慌忙应道:"依得,依得。"武松道:"第二件,我如今饶了你起来,你便去央请快活林为头为脑的英雄豪杰,都来与施恩陪话。"蒋门神道:"小人也依得。"武松道:"第三件,你从今日交割还了,便要你离了这快活林,连夜回乡去,不许你在孟州住。在这里不回去时,我见一遍,打你一遍,我见十遍,打十遍!轻则打你半死,重则结果了你命!你依得么?"蒋门神听了,要挣扎性命,连声应道:"依得,依得。蒋忠都依。"武松就地下提起蒋门神来看时,早已鼻青脸肿,脖子歪在半边,额角头流出鲜血来。

武松指着蒋门神说道:"休言你这蠢汉,景阳冈上那只老虎,也只三拳两脚,给我打死了。量你这个值得什么!快

交割还他！但迟了些个，再是一顿，便一发结果了你这厮。"
蒋门神此时方才知是武松，只得喏喏连声告饶。正说之间，
只见施恩早到，带领着三二十个悍勇军健，都来相帮。却见
武松赢了蒋门神，不胜之喜，团团拥定武松。武松指着蒋门
神道："本主已自在这里了，你一面便搬，一面快去请人来赔
话。"蒋门神答道："好汉，且请去店里坐。"武松带一行人都
到店里看时，满地都是酒浆，入脚不得。那两个男女，正在
缸里扶墙摸壁挣扎。那妇人才方从缸里爬得出来，头脸都
吃磕破了，下半截淋淋漓漓，都拖着酒浆。那几个火家酒
保，走得不见影了。武松与众人都到店里坐下，喝道："你等

快收拾起身!"一面安排车子,收拾行李,先送那妇人去了;一面寻不着伤的酒保,去镇上请十数个为头的豪杰,都来店里替蒋门神与施恩陪话。尽把好酒开了,极名贵的酒都摆列了桌面,请众人坐下。武松叫施恩在蒋门神上首坐定。各人面前放只大碗,叫把酒只顾筛来。酒至数碗,武松开话道:"众位高邻,都在这里,我武松,自从阳谷县杀了人,配在这里,便听得人说道:'快活林这座酒店,原是小施管营的。被这蒋门神倚势豪强,公然夺了,白白地占了他的衣饭。'你众人休猜道是我的主人,我和他并无干涉。我从来只要打天下这等不明道德的人。我若路见不平,真乃拔刀相助,我便死也不怕。今日我本待把蒋家这厮,一顿拳脚打死,就除了一害,我看你众高邻面上,权寄下这厮一条性命。我今晚便要他投外府去,若不离了此间,我再撞见时,景阳冈上老虎,便是模样!"众人才知道他是景阳冈上打虎的武松,都起身替蒋门神赔话道:"好汉息怒。教他便搬了去,奉还本主。"那蒋门神吃他一吓,哪里敢再作声。施恩便点了家伙什物,交割了店肆。蒋门神羞惭满面,相谢了众人,自唤了一辆车儿,就装了行李,起身去了。

鸳鸯楼

却说武松把蒋门神打翻,赶出境去,施恩重霸得快活林。光阴迅速,早过了一月之上,已及新秋。一日,施恩正和武松在店里闲坐说话,论些拳棒枪法,只见店门前两三个军汉,牵着一匹马,来店里寻问主人道:"哪个是打虎的武都头?"施恩却认得是孟州守御兵马都监张蒙方衙内亲随人。施恩便向前问道:"你们寻武都头则甚?"那军汉说道:"奉都监相公钧旨,闻知武都头是个好男子,特地寻我们将马来接他。相公有钧帖在此。"

施恩看了,寻思道:"这张都监是我父亲的上司官,属他调遣。今者武松又是配来的囚徒,亦属他管下,只得教他去。"施恩便对武松道:"兄长,这几位弟兄是张都监相公处差来接你。他既着人接你去,哥哥心中如何?"武松是个刚直的人,不知委曲,便道:"他既是接我,只得走一遭,看他有甚话说。"随即换了衣裳巾帻,带了个小伴当,上了马,一同众人,投孟州城里来。到得张都监宅前,下了马,跟着那军汉,直到厅前参见张都监。

那张蒙方在厅上,见了武松来,大喜道:"教进前来相见。"武松到厅下,拜了张都监,叉手立在侧边。张都监便对武松道:"我闻知你是个大丈夫、男子汉,英雄无敌,敢与人同死同生。我帐前现缺恁地一个

国韵故事汇

人,不知你肯与我做亲随体己人么?"武松跪下称谢道:"小
人是个牢城营里囚徒。若蒙恩相抬举,小人当执鞭随镫,服
侍恩相。"张都监大喜,就请武松吃酒,使武松吃得大醉,便
在厅前廊下,收拾一间耳房与武松安歇。次日,有差人去施
恩处,取了行李来,只在张都监家宿歇。早晚都监相公不住
地唤武松进后堂,与酒与食,放他穿房入户,当作亲人一般
看待,又叫裁缝,与武松彻里彻外做秋衣。

武松见了,也自欢喜,心里寻思道:"难得这个都监相
公,一力要抬举我!自从到这里住了,寸步不离,又没工夫
去快活林与施恩说话。虽是他频频使人来相看我,多半是
不能够入宅里来。"武松自从在张都监宅里,相公见爱,但是
人有些公事来央浼他的,武松对都监相公说了,无有不依。
外人俱送些金银、财帛、缎匹等件。武松买个柳藤箱子,把这送的东西,都锁在里面,不在话下。

时光迅速,却早又是八月中秋。张都监向后堂深处鸳鸯楼下,安排筵宴,庆赏中秋,叫唤武松到里面饮酒。武松见夫人宅眷,都在席上,吃了一杯,便待转身出来。张都监唤住武松问道:"你哪里去?"武松答道:"恩相在上,夫人宅眷在此饮宴,小人理合回避。"张都监大笑道:"差了。我敬你是个义士,特地请你来在一处饮酒,如自家一般,何故却要回避?"便教坐了。武松道:"小人是个囚徒,如何敢与恩相坐?"张都监道:"义士,你如何见外?此间又无外人,便坐不妨。"武松三回五次推让告辞。张都监哪里肯依,定要武松一起坐了。武松只得唱个无礼喏,远远地斜着身坐下。

张都监着丫鬟养娘相劝,一杯两盏。看看饮过五七杯酒,张都监叫抬上果桌饮酒,又进了一些食品。次说些闲话,问了些枪法。张都监道:"大丈夫饮酒,何用小杯?"叫:"取大银杯来斟酒与义士吃。"接连劝了武松几杯。看看月明光彩,照入东窗。武松吃得半醉,却都忘了礼数,只顾痛饮。张都监叫唤一个心爱的养娘,叫作玉兰,出来唱曲。张都监指着玉兰道:"这里并无外人,只有我心腹之人武都头在此。你可唱个中秋对月时景的曲儿,教我们听着。"

玉兰执着象板,向前各道个万福,顿开喉咙,唱了一曲歌!

这玉兰唱罢,放下象板,又各道了一个万福,立在一边。

张都监又道："玉兰，你可把一巡酒。"这玉兰应了，便拿了一副劝盘，丫鬟斟酒，先递了相公，次劝了夫人，第三便劝武松饮酒。张都监叫斟满着。武松哪里敢抬头，起身远远地接过酒来，唱了相公夫人两个大喏，拿起酒来，一饮而尽，便还了盏子。

张都监指着玉兰，对武松道："此女颇有些聪明，不唯善知音律，亦且极能针指。如你不嫌低微，数日之间，择了良辰，将来与你做个妻室。"武松起身再拜道："量小人何者之人，怎敢望恩相宅眷为妻？枉自折武松的草料！"张都监笑道："我既出了此言，必要与你。你休推故阻我，必不负约。"

当时一连又饮了十数杯酒。约莫酒涌上来，恐怕失了礼节，便起身拜谢了相公夫人，出到前厅廊下房门前。开了门，觉得酒食在腹，未能便睡，去房里脱了衣裳，除了巾帻，拿条哨棒来庭心里，月明下，使几回棒，打了几个轮头，仰面看天时，约莫三更时分。

武松进到房里，却待脱衣去睡，只听得后堂里，一片声叫起有贼来。武松听得道："都监相公如此爱我，他后堂内里有贼，我如何不去救护？"武松献勤，提了一条哨棒，径抢入后堂里来。只见那个唱的玉兰，慌慌张张走出来指道："一个贼奔入后花园里去了。"武松听得这话，提着哨棒，大踏步直赶入花园里去寻时，一周遭不见，复翻身奔却出来，不提防黑影里，掀出一条板凳，把武松一跷绊翻，走出七八个军汉，叫一声"捉贼！"就地下把武松一条麻索绑了。武松急叫道："是我！"那众军汉哪里容他分说。

只见堂里灯烛荧煌，张都监坐在厅上，一片声叫道："拿贼来！"众军汉把武松一步一棍，打到厅前。武松叫道："我不是贼，是武松！"张都监看了大怒，反了面皮，喝骂道："你这个贼配军，本是贼眉贼眼贼心贼肝的人！我倒抬举你一力成人，不曾亏负了你半点儿，却才叫你一处吃酒，同席坐地。我指望要抬举与你做官，你如何却做这等的勾当？"

武松大叫道："相公，非干我事。我来捉贼，如何倒把我捉了做贼？武松是个顶天立地的好汉，不做这般的事！"张都监喝道："你这厮休赖！且把他押去房里，搜看有无赃物？"众军汉把武松押着，巡到他房里，打开他那柳藤箱子看时，上面都是些衣服，下面却是些银酒器皿，约有一二百两赃物。武松见了，也自目瞪口呆，只叫得屈。

众军汉把箱子抬出厅前，张都监看了大骂道："贼配军，如此无礼！赃物正在你箱子里搜出来，如何赖得过！常言道，'众生好度人难度！'原来你这厮外貌像人，倒有这等禽心兽肝。既然赃证明白，没话说了。"连夜便把赃物封了，且叫送去机密房里监收。武松大叫冤屈，哪里肯容他分说，众军汉扛了赃物，将武松送到机密房里收管了。张都监连夜使人去对知府说了，押司孔目，上下都使用了钱。

次日天明，知府方才坐厅，左右缉捕观察，把武松押至当厅,赃物都扛在厅上。张都监家心腹人,拿着张都监被盗的文书,呈上知府看了。那知府喝令左右把武松一索捆翻。牢子节级将一束审案刑具放在面前。武松却待开口分说,知府喝道:"这厮原是远流配军,如何不做贼,一定是一时见财起意!既是赃证明白,休听这厮胡说,只顾与我加力打!"那牢子狱卒拿起批头竹片,雨点地打下来。武松情知不是话头,只得屈招做"本月十五日,一时见本官衙内许多银酒器皿,因而起意,至夜乘势窃取入己。"与了招状。知府道:"这厮正是见财起意,不必说了。且取枷来钉了监下!"牢子将长枷把武松枷了,押下死囚牢里监禁了。

武松下到大牢里,寻思道:"叵耐张都监那厮,安排这般圈套坑陷我。我若能够挣得性命出去时,却又理会。"

却说施恩已有人前去报知此事,慌忙入城来和父亲商议。老管营说道:"眼见得是张团练替蒋门神的报仇,买嘱张都监,却设出这条计策陷害武松。必然是他着人去上下都使了钱,受了人情贿赂,众人以此不由他分说,必然要害他性命。我如今寻思起来,他判不了死罪。只是买求两院押牢节级便好,可以存他性命。出外却又别作商议。"施恩道:"现今当牢节级姓康的,和孩儿最是交好。只得去求浼他如何?"老管营道:"他是为你吃官司,你不去救他,更待何时。"

施恩拿了一二百两银子,径投康节级,却在牢未回。施恩叫他家的人去牢里说知。不多时，康节级归来，与施恩相见。施恩把上件事，一一告诉了一遍，康节级答道："不瞒兄长说，此一件事，皆是张都监和张团练两个同姓结义做弟兄。现今蒋门神躲在张团练家里，却央张团练买嘱这张都监，商量设出这条计策。一应上下之人都是蒋门神用贿赂，我们都接了他钱。厅上知府一力与他做主，定要结果武松性命。只有当案一个叶孔目不肯，因此不敢害他。这人忠直仗义，不肯要害平人，以此武松还不吃亏。今听施兄的请托，牢中之事，尽是我自维持。如今便去宽他，今后不教他吃半点儿苦。你却快着人去，只嘱叶孔目，要求他早断出去，便可救得他性命。"施恩取一百两银子与康节级。康节级哪里肯受，再三推辞，方才收了。

施恩相别出门来，径回营里，又寻一个和叶孔目知契的人，送一百两银子与他，只求早早紧急决断。那叶孔目已知武松是个好汉，亦自有心周全他，已把那文案做得活着。只被这知府受了张都监贿赂，嘱他不要从轻；武松窃取人财，又不得死罪。因此互相延挨，只要牢里谋他性命。今来又得了这一百两银子，亦知是屈陷武松，却把这文案都改得轻了，尽出豁了武松，只待限满决断。

次日，施恩安排了许多酒馔，甚是齐备，来央康节级引领直进大牢里看观武松，见面送饭。此时武松已自得康节级看觑，将这刑禁都放宽了。施恩又取三二十两银子，分送与众小牢子。取酒食叫武松吃了，施恩附耳低言道："这场官司，明是张都监替蒋门神报仇，陷害哥哥。你且宽心，不要忧念。我已央人和叶孔目说通了，甚有周全你的好意。且待限满判决你出去，却再理会。"此时武松得松宽了，已有越狱之心，听得施恩说罢，却放了那片心。

施恩在牢里安慰了武松，归到营中。过了两日，施恩再备些酒食钱财，又央康节级引领入牢里与武松说话，相见了，将酒食管待，又分送了些零碎银子与众人做酒钱，回归家来，又央浼人上下去使用，催趱打点文书。过得数日，施恩再备了酒肉，做了几件衣裳，再央康节级维持，带着来到牢里，请众人吃酒，买求看觑武松，叫他更换了些衣服，吃了酒肉。出入情熟，一连数日，施恩来了大牢里三次。却不提防被张团练家心腹人见了，回去报知。

那张团练便去对张都监说了其事。张都监却再使人送金帛来与知府，就说明此事。那知府是个赃官，接受了贿赂，便差人常常下牢里来查看。但见闲人，便要拿问。施恩得知了，哪里敢再去看觑。武松却自得康节级和众牢子照管他。施恩自此早晚只去得康节级家里讨信，得知长短，都不在话下。

看看前后将及两月。有这当案叶孔目一力主张，知府处早晚说就里。那知府方才知道张都监接受了蒋门神若干银子，通同张团练，设计排陷武松，自心里想道："你倒赚了银两，教我与你害人！"因此心都懒了，不来管看。挨到六十日限满，牢中取出武松，当厅开了枷。当案叶孔目读了招状，定拟下罪名，脊杖二十，刺配恩州牢里，原盗赃物，给还本主。张都监只得着家人当官领了赃物。当厅把武松断了二十脊杖，刺了金印，取一面七斤半铁叶盘头枷钉了，押一纸公文，差两个健壮公人防送武松，限了时日要起身。那两个公人，领了牒文，押解了武松出孟州衙门便行。

武松忍着那口气，带上行枷，出得城来，两个公人监在后面。约行了一里多路，只见官道旁边酒店里，钻出施恩来，看着武松道："小弟在此专等。"武松看施恩时，又包着头，络着手。武松问道："我好几时不看你，如何又做恁地模样？"

施恩答道："实不相瞒哥哥说，小弟自从牢里三番相见之后，知府得知了，不时差人下来牢里点查。那张都监又差人在牢门口左近两边巡看着，因此小弟不能够出进大牢里看望兄长，只到得康节级家里讨信。半月之前，小弟正在快活林中店里，只见蒋门神那厮，又领着一伙军汉到来厮打。小弟被他又痛打一顿，也要小弟央请人赔话，却被他仍复夺了店面，依旧交还了许多家伙什物。小弟在家将息未起，今日听得哥哥断配恩州，特有两件棉衣送与哥哥路上穿着。煮得两只熟鹅在此，请哥哥吃了两块去。"施恩便邀两个公人，请他入酒肆。那两个公人哪里肯进酒店里去，便发言发语道:"武松这厮,他是个贼汉!我们如何吃你的酒食,明日官府上须惹口舌。你若怕打,快走开去!"

施恩见不是话头,便取十来两银子,送与这两个公人。那厮两个哪里肯接,恼愤愤地只要催促武松上路。施恩讨两碗酒叫武松吃了,把一个包裹拴在武松腰里,把这两只熟鹅挂在武松行枷上。施恩附耳低言道:"包裹里有两件棉衣,一帕子散碎银子,路上好做盘缠,也有两双八搭麻鞋在里面。只是要路上仔细提防,这两个贼男女不怀好意。"武松点头道:"不须吩咐,我已省得了。再着两个来也不惧他!你自回去将息。且请放心,我自有措置。"施恩拜辞了武松,哭着去了,不在话下。

武松和两个公人上路,行不到数里之上,两个公人悄悄地商议道:"不见那两个来?"武松听了,自暗暗地寻思,冷笑道:"那厮倒来撩拨老爷!"武松右手却吃钉住在行枷上,左手却散着。武松就枷上取下那熟鹅来,只顾自吃,也不采那两个公人,又行了四五里路,再把这只熟鹅取来,右手扯着,把左手撕来,只顾自吃,行不过五里路,把这两只熟鹅都吃尽了。

约算离城也有八九里多路,只见前面路边,先有两个人,提着朴刀,各挎口腰刀,先在那里等候,见了公人监押武松到来,便帮着做一路走。武松又见这两个公人,与那两个提朴刀的,挤眉弄眼,打些暗号。武松早睃见,自瞧了八分尴尬，只按在肚里，却且只做不见。

又走不数里多路，只见前面来到一处，是一个极大的鱼浦，四面都是野港阔河。五个人行至浦边一条阔板桥，一座牌楼，上有牌额写着"飞云浦"三字。武松见了，假意问道："这里地名唤作什么去处？"两个公人答应道："你又不眼瞎，须见桥牌额上写道'飞云浦'。"武松站住道："我要净手则个。"那两个提朴刀的走近一步，却被武松叫声"下去！"一飞脚早踢中，翻筋斗踢下水去了。这一个急待转身，武松右脚早起，扑通也踢下水里去。那两个公人慌了，往桥下便走。武松喝一声"哪里去！"把枷只一扭，折做两半个，赶将下桥来。

那两个先自惊倒了一个。武松奔上前去，往那一个走

的后心上只一拳打翻，就水边捞起朴刀来赶上去，搠上几朴刀，死在地下。却转身回来，把那个惊倒的，也搠几刀。这两个踢下水去的，才挣得起，正待要走。武松追着又砍倒一个，赶入一步，劈头揪住一个喝道："你这厮实说，我便饶你性命！"那人道："小人两个是蒋门神徒弟。今被师父和张团练定计，使小人两个来相帮防送公人，一处来害好汉。"武松道："你师父蒋门神今在何处？"那人道："小人临来时，和张团练都在张都监家里后堂鸳鸯楼上吃酒，专等小人回报。"

武松道："原来恁地，却饶你不得。"手起刀落，也把这人杀了，解下他腰刀来，拣好的带了一把，将两个尸首，都撺在浦里，又怕那两个不死，提起朴刀，每人身上又搠了几刀，立在桥上看了一回，思量道："虽然杀了这四个贼男女，不杀得张都监、张团练、蒋门神，如何出得这口恨气！"提着朴刀，踌躇了半晌，一个念头，竟奔回孟州城里来。

进得城中，早是黄昏时候，武松径踅去张都监后花园墙外，却是一个马院。武松就在马院边伏着，听得那后槽却在衙里，未曾出来。正看之间，只见呀地角门开，后槽提着个灯笼出来，里面便关了角门。武松却躲在黑影里，听那更鼓时，早打一更四点。那后槽上了草料，挂起灯笼，铺开被卧，脱下衣裳，上床便睡。武松却来门边挨那门响，后槽喝道："老爷方才睡，你要偷我衣裳，也早些哩！"武松把朴刀倚在门边，却掣出腰刀在手里，又呀呀地推门。那后槽哪里忍得住,便从床上赤条条地跳将出来,拿了搅草棍,拔了闩,却待开门,被武松就势推开去,抢入来,把这后槽劈头揪住。却待要叫,灯影下,见明晃晃地一把刀在手里,先自惊得八分软了,口里只叫得一声"饶命!"武松道:"你认得我么?"后槽听得声音,方才知是武松,便叫道:"哥哥,不干我事,你饶了我吧!"武松道:"你只实说,张都监如今在哪里?"后槽道:"今日和张团练、蒋门神他三个吃了一日酒,如今兀自在鸳鸯楼上吃哩。"武松道:"这话是实么?"后槽道:"小人说谎,就害疔疮。"武松道:"恁地却饶你不得!"手起一刀,把这后槽杀了,一脚踢开尸首,把刀插入鞘里,就灯影下,去腰里解下施恩送来的棉衣,将出来,脱了身上旧衣裳,把那两件新衣穿了,拴缚得紧凑,把腰刀和鞘挎在腰里。却将一扇门立在墙边,先去吹灭了灯火,却闪将出来,拿了朴刀,从门上一步步爬上墙来。

此时却有些月光明亮。武松从墙头上一跳,却跳在墙里,便先来开了角门,掇过了门扇,复翻身入来,虚掩上角门,趁着那窗外月光,一步步挨入堂里来。武松原在衙里出入的人,已都认得路,径踅到鸳鸯楼扶梯边来,蹑手蹑脚,摸上楼来。此时亲随的人,都服侍得厌烦,远远地躲去了。只听得那张都监、张团练、蒋门神三个说话。武松在楼梯口听,只听得蒋门神口里称赞不了,只说:"亏了相公与小人报了冤仇,再当重重地报答恩相。"这张都监道:"不是看我兄弟张团练面上，谁肯干这等的事！你虽费用了些钱财，却也安排得那厮好。这早晚多是在那里下手。那厮敢是死了。只教在飞云浦结果他。待那四人明早回来，便见分晓。"张团练道："这四个对付他一个，有什么不了？再有几个性命，也没了。"蒋门神道："小人也吩咐徒弟来，只教就那里下手，结果了，快来回报。"

武松听了，心头那把无名业火，高三千丈，冲破了青天，右手持刀，左手揸开五指，抢入楼中。只见三五支灯烛荧煌，一两处月光射入，楼上甚是明朗，面前酒器皆不曾收。蒋门神坐在交椅上，见是武松，吃了一惊，把这心肝五脏，都提在九霄云外。说时迟，那时快，蒋门神急要挣扎时，武松早落一刀，劈脸剁着，和那交椅都砍翻了。武松便转身回过刀来，那张都监方才伸得脚动，被武松当头一刀，齐耳根连脖子砍着，扑地倒在楼板上。两个都在挣命。

这张团练终是武官出身，虽然酒醉，还有些气力，见剁翻了两个，料道走不迭，便提起一把交椅轮将来。武松早接个住，就势只一推。休说张团练酒后，便清醒白醒时，也近不得武松神力，扑地往后便倒了。武松赶入去，一刀先割下头来。蒋门神有力，挣得起来，武松左脚早起，翻筋斗踢一脚，按住也割了头，转身来，把张都监也割了头。见桌子上有酒有肉，武松拿起酒盅子一饮而尽，连吃了三四盅，便去死尸身上割下一片衣襟来，蘸着血，去白粉壁上，大写下八

字道：“杀人者，打虎武松也！”

这时又有两个人上楼来，武松却闪在楼梯边。看时，却是两个自家亲随人，便是前日拿捉武松的。武松在黑处让他过去，却拦住去路。两个入进楼中，见三个尸首横在血泊里，惊得面面相觑，作声不得。急待回身，武松随在背后，手起刀落，早剁翻了一个。那一个便跪下讨饶。武松道：“却饶你不得。”揪住也是一刀。杀得血溅画楼，尸横灯影。

武松道：“走了罢！”撇了刀鞘，提了朴刀，出到角门外，从马院里，出了门，拽开脚步，倒提了朴刀走。到城边，寻思道：“若等门开，须吃拿了。不如连夜越城走。”便从城边踏上城来。

这孟州城是个小去处，那土城并不甚高。就女墙边望下，先把朴刀虚按一按，刀尖在上，棒梢向下，托地只一跳，把棒一拄，立在壕堑边。月明之下看水时，只有一二尺深。此时正是十月半天气，各处水泉皆涸。武松就壕堑边脱了鞋袜，解下腿绷护膝，抓扎起衣服，从这城濠里走过对岸。却想起施恩送来的包裹里有双八搭麻鞋，取出来穿在脚上。听城里更点时，已打四更三点。武松道："这口气，今日方才出得畅快！"提了朴刀，投东小路便走。

闹江州

宋朝时候，山东郓城县里有一个押司姓宋名江，为人慷慨好义，欢喜结识江湖上的好汉，因此和梁山泊好汉也有了往来，只因杀了个妇人，刺配到江州牢营。那牢营里的人得了宋江好处，又因为江州两院押牢节级戴宗绰号神行太保的，和他十分要好，所以宋江虽是囚徒，却十分自在。一日，宋江在浔阳楼喝醉了酒，题了首诗，恰巧被无为军通判黄文炳看见，认作是首反诗，想就此邀功，便立刻来报知知府蔡九。原来蔡九是当朝蔡太师的儿子，听了黄文炳的话，便提宋江审问，一连打上五十下，取了招状，将一面二十五斤死囚枷枷了，堆放在大牢里收禁。当下蔡九知府退厅，黄文炳又道："相公在上，此事也不宜迟，只好急急修一封书，便差人星夜上京师，报与尊府恩相知道，显得相公干了这件国家大事。……若要活的，便着一辆囚车解上京。如不要活的，恐防路途走失，就于本处斩首号令，以除大害。便是今上得知，必喜。"蔡九知府依了他的话，就修了书差戴宗送上东京去。因为这戴宗也和梁山泊好汉通情，便假造蔡太师的家信来蒙混蔡九知府，却被蔡九知府察

及时雨
宋公明

出，也便把戴宗下在牢里。黄文炳道："眼见得这人也结连梁山泊，通同造诣，谋叛为党。若不早除，必为后患。"知府道："便把这两个问成了招状，立了文案，押去市曹斩首，然后写表申奏。"黄文炳道："相公高见极明。似此，一者朝廷见喜，知道相公干这件大功；二者免得梁山泊草寇来劫牢。"知府道："通判高见甚远，下官自当动文书，亲自保举通判。"当日款待了黄文炳，送出府门，自回无为军去了。

次日，蔡九知府升厅，便唤当案孔目来吩咐道："快教叠了文案，把这宋江、戴宗的供状招款粘连了，一面写下犯由牌，教来日押赴市曹，斩首施行。自古'谋逆之人，决不待时'。斩了宋江、戴宗，免致后患。"

当案却是黄孔目，本人与戴宗颇好，却无缘便救他，只替他叫得苦。当日禀道："明日是个国家忌日,后日又是七月十五日——中元之节,皆不可行刑。大后日亦是国家景命。直至五日后,方可施行。"原来黄孔目也别无良策,只图与戴宗少延残喘,亦是平日之心。

蔡九知府听罢,依准黄孔目之言,直待第六日早晨,先差人去十字路口,打扫了法场。饭后点起士兵和刀杖刽子,约有五百余人,都在大牢门前伺候。已牌时候,狱官禀了知府,亲自来做监斩官。黄孔目只得把犯由牌呈堂,当厅判了两个"斩"字,便将片芦席贴起来。江州府众多节级牢子,虽然和戴宗、宋江过得好,却没做道理救得他,众人只替他两个叫苦。

当时打扮已了,就大牢里把宋江、戴宗两个扎起,又将胶水刷了头发,绾个鹅梨角儿,各插上一朵红绫子纸花,驱至青面圣者神案前,各与了一碗长休饭、永别酒。吃罢,辞了神案,漏转身来,搭上利子。六七十个狱卒早把宋江在前、戴宗在后,推拥出牢门前来。

宋江和戴宗两个面面相觑,各作声不得。宋江只把脚来跌,戴宗低了头只叹气。江州府看的人,真乃压肩叠背,何止一二千人。押到市曹十字路口,团团枪棒围住,把宋江面南背北,将戴宗面北背南,两个纳坐下,只等午时三刻监斩官到来开刀。

众人仰面看那犯由牌,上写道:

江州府犯人一名宋江，故吟反诗，妄造妖言，结连
梁山泊强寇，通同造反，律斩。犯人一名戴宗，与宋江
暗递私书，勾结梁山泊强寇，通同谋反，律斩。监斩官，
江州府知府蔡某。

那知府勒住马，只等报来。只见法场东边，一伙弄蛇的
丐者强要挨入法场里看，众士兵赶打不退。正相闹间，只见
法场西边，一伙使枪棒卖药的也强挨将入来。士兵喝道：
"你那伙人，好不晓事！这是哪里，强挨入来要看？"那伙使
枪棒的说道："我们冲州撞府，哪里不曾去！到处看出人。
便是京都天子杀人，也放人看。你这小去处，砍得两个，闹
动了世界。我们便挨出来看一看，打什么紧！"正和士兵闹
将起来，监斩官喝道："且赶退去，休放过来！"

闹犹未了，只见法场南边，一伙挑担的脚夫，又要挨将
入来。士兵喝道："这里出人，你挑哪里去？"那伙人说道：
"我们挑东西送与知府相公去的，你们如何敢阻挡我？"士兵
道："便是相公衙里人，也只得去别处过一过。"那伙人就歇
了担子，都掣了扁担，立在人丛里看。

只见法场北边，一伙客商推两辆车子过来，定要挨入法
场上来。士兵喝道："你那伙人哪里去？"客人应道："我们要
赶路程，可放我等过去？"士兵道："这里出人，如何肯放你？
你要赶路程，从别路过去！"那伙客人笑道："你们倒说得好！
俺们便是京师来的人，不认得你这里的路，只是从这大路

走。"士兵哪里肯放，那伙客人齐齐挨定了不动，四下里吵闹不住，这蔡九知府也禁治不得。又见这伙客人都盘在车子上，立定了看。

没多时，法场中间人分开处，一个报，报道一声："午时三刻。"监斩官便道："斩讫报来！"两旁的刀棒刽子便去开枷，行刑之人执定法刀在手。说时迟，那时快，那伙客人在车子上听得"斩"字，数内一个客人便向怀中取出一面小锣儿，立在车子上，当当地敲得两三声，四下里一齐动手。那时快，却见十字路口茶坊楼下，一个彪形黑大汉两只手握两把板斧，大吼一声，却似半天起个霹雳，从半空中跳将下来，手起斧落，早砍翻了两个行刑的刽子，便往监斩官马前砍将来。众士兵急待把枪去搠时，哪里拦挡得住？众人且簇拥

蔡九知府逃命去了。

只见东边那伙弄蛇的丐者，身边都掣出尖刀，看着士兵便杀。西边那伙使枪棒的，大发喊声，只顾乱杀将来，一派杀倒士兵狱卒。南边那伙挑担的脚夫，抢起扁担，横七竖八，都打翻了士兵和那看的人。北边那伙客人都跳下车来，推过车子，拦住了人。两个客商钻将入来，一个背了宋江，一个背了戴宗。其余的人，也有取出弓箭来射的，也有取出石子来打的，也有取出标枪来标的。

原来扮客商的这伙，便是晁盖、花荣、黄信、吕方、郭盛；那伙扮使枪棒的，便是燕顺、刘唐、杜迁、宋万；扮挑担的，便是朱贵、王矮虎、郑天寿、石勇；那伙扮丐者的，便是阮小二、阮小五、阮小七、白胜。这一行，梁山泊共是十七个头领到来，带领小喽啰一百余人，四下里杀将起来。

只见人丛里那个黑大汉，抡两把板斧，一味地砍将来。晁盖等却不认得，只见他第一个出力，杀人最多。晁盖猛省起来："戴宗曾说，一个黑旋风李逵和宋三郎最好，是个莽撞之人。"晁盖便叫道："前面那好汉，莫不是黑旋风？"那汉哪里肯听，火杂杂地抡着大斧，只顾砍人。晁盖便叫背宋江、戴宗的两个小喽啰只顾跟着那黑大汉走。

当下去十字街口，不问军官百姓，杀得尸横遍野，血流成渠，推倒撷翻的，不计其数。众头领撇了车辆担杖，一行人尽跟了黑大汉，直杀出城来。背后花荣、黄信、吕方、郭盛,四张弓箭飞蝗般往后射来。那江州军民百姓,谁敢近前? 这黑大汉直杀到江边来,身上血溅满身,兀自在江边杀人。

晁盖便挺朴刀叫道:"不干百姓事,休只管伤人!"那汉哪里来听叫唤,一斧一个,排头儿砍将去。约莫离城沿江上也走了五七里路,前面望见尽是滔滔一派大江,却无了旱路。晁盖看见,只叫得苦。那黑大汉方才叫道:"不要慌! 把哥哥背来庙里。"

众人都到来看时,靠江一所大庙,两扇门紧紧地闭着。黑大汉两斧砍开,便抢入来。晁盖众人看时,两边都是老桧苍松,林木遮映,前面牌额上,四个金书大字,写道"白龙神庙"。小喽啰把宋江、戴宗背到庙里放下,宋江方才敢开眼,见了晁盖等众人,哭道:"哥哥,莫不是梦中相会?"晁盖便劝道:"恩兄不肯在山,致有今日之苦。这个出力杀人的黑大汉是谁?"宋江道:"这个便是叫作黑旋风李逵。他几番就要大牢里放了我,却是我怕走不脱,不肯依他。"晁盖道:"却是难得这个人! 出力最多,又不怕刀斧箭矢!"

正相聚间,只见李逵提着双斧,从廊下走出了。宋江便叫住到:"兄弟哪里去?"李逵应道:"寻那庙祝,一发杀了。匝耐那厮见神见鬼,白日把庙门关上。我指望拿他来祭门,却寻那厮不见。"宋江道:"你且来,先和我哥哥头领相见。"李逵听了,丢了双斧,望着晁盖跪了一跪,说道:"大哥,休怪铁牛粗鲁。"与众人都相见了,却认得朱贵是同乡人,两个自然欢喜。

花荣便道:"哥哥,你教众人只顾跟着李大哥走,如今来到这里。前面又是大江拦截住,断头路了,却又没一只船接应。倘或城中官军赶杀出来,却怎生迎敌,将何接济?"李逵便道:"不要慌! 我与你们再杀入城中,和那个蔡九知府一发都砍了快活。"戴宗此时方才苏醒,便叫道:"兄弟使不得莽性。城里有五七千军马,若杀入去,必然有失。"阮小七便道:"远望隔江那里有数只船在岸边,我兄弟三个赴水过去,夺那几只船过来载众人,如何?"晁盖道:"此计是最上着。"

当时阮家三兄弟都脱剥了衣服,各人插把尖刀,便钻入水里去。约莫泅开得半里之际,只见江面上溜头流下三只棹船,吹风嗯哨,飞也似摇将来。众人看时,见那船上各有十数个人,都手里拿着军器,众人却慌将起来。宋江听得说了,便道:"我命里这般合苦!"也奔出庙前看时,只见当头那只船上,坐着一条大汉,倒提一把明晃晃五股叉,头上挽个穿心红一点髻儿,下面拽起条白绢水裈,口里吹着嗯哨。宋江看时,不是别人,正是张顺。

宋江连忙便招手叫道:"兄弟救我!"张顺等见是宋江,大叫道:"好了!"飞也似摇到岸边。三阮看见,退泅过来。一行众人都上岸来到庙前。宋江看见张顺自引十数个壮汉,在那只船头上;张横引着穆私、穆春、薛永,带十数个庄

客,在一只船上;第三只船上,是李俊引着李立、童威、童猛,也带十数个卖盐伙计,都各执枪棒上岸来。

张顺见了宋江,喜从天降,哭拜道:"自从哥哥吃官司,兄弟坐立不安,又无路可救。近日又听得拿了戴院长,李大哥又不见面,我只得去寻了我哥哥,引到穆太公庄上,叫了许多相识。今日正要杀入江州,要劫牢救哥哥,不想仁兄已有好汉们救出,来到这里。请问这伙哥哥莫非是梁山泊义士晁天王么?"宋江指首立的道:"这个便是晁盖哥哥。你等众位,都来庙里叙礼则个。"张顺等九人,晁盖等十七人,宋江、戴宗、李逵,共是二十九人,都入白龙庙聚会。

当下二十九个好汉,各各讲礼已罢。只见小喽啰慌慌忙忙入庙来报道："江州城里,鸣锣擂鼓,整顿军马出城来追赶。远远望见旗幡蔽日,刀剑如麻,前面都是带甲马军,后面尽是擎枪兵将,大刀阔斧,杀奔白龙庙路上来。"李逵听了,大叫一声:"杀将去!"提了双斧,便出庙门。晁盖叫道:"一不做,二不休!众好汉相助着晁某,直杀尽江州军马,方才回梁山泊去!"众英雄齐声应道:"愿依尊命!"

一百四五十人一齐呐喊,都挺起手中军器,齐出庙来迎敌。刘唐、朱贵,先把宋江、戴宗护上船;李俊同张顺、三阮整顿船只。就江边看时,见城里出来的官军约有五七千马军:当先都是顶盔衣甲,全副弓箭,手里都使长枪;背后步军簇拥,摇旗呐喊,杀奔前来。这里李逵当先,抢着板斧,飞奔砍将入去;背后便是花荣、黄信、吕方、郭盛四将拥护。

花荣见前面的军马都托住了枪,只怕李逵着伤,偷手取弓箭出来,搭上箭,拽满弓,望着为头领的一个马军,嗖地一箭,只见翻筋斗射下马去。那一伙马军吃了一惊,各自奔命,拨转马头便走,倒把步军先冲倒了一半。这里众多好汉们一齐冲突将去,杀得那官军尸横野烂,血染江红。直杀到江州城下,城上策应官军,早把擂木炮石,打将下来。官军慌忙入城,关上城门,好几日不敢出来。

众多好汉拖转黑旋风,回到白龙庙中下船。晁盖整点众人完备,都叫分头下船,开船却走。却值顺风,拽起风帆,三只大船载了许多人马头领径自去了。

真假李逵

话说宋朝时候，梁山泊里有个莽汉姓李名逵，一名铁牛，绰号黑旋风。这一日，因看见公孙胜回家去安顿他的老母，就放声大哭起来。头领宋江连忙问道："兄弟，你如何烦恼？"李逵哭道："这个也去接爷，那个也去望娘，偏铁牛是土坑里钻出来的！"晁盖便问道："你如今待要怎的？"李逵道："我只有一个老娘在家里。我的哥哥又在别人家里做长工，如何养得我娘快乐？我要去接她来这里，快乐几时也好。"晁盖道："兄弟说得是。我差几个人同你去接了上来，也是十分好事。"

宋江便道："使不得！李家兄弟生性不好，回乡去必然有失。若是教人和他去，亦是不好。况且他性如烈火，到路上必有冲撞。他又在江州杀了许多人，哪个不认得他是黑旋风。这几时，官司如何不行移文书到那里了，必然原籍追捕。你又形貌凶恶，倘有疏失，路程遥远，恐难得知。你且过几时，打听得平静了，去接未迟。"李逵焦躁叫道："哥哥，你也是个不平心的人！你的爷，便要接上山来快活；我的娘，由她在那里受苦。兀的不是气破了铁牛肚子！"宋江道：

黑旋风
李逵

"兄弟，你不要焦躁。既是要去接娘，只依我三件事，便放你去。"李逵道："你且说哪三件事？"

宋江道："你要去沂州沂水县搬接母亲。第一件，不可吃酒；第二件，因你性急，谁肯和你同去？你只自悄悄地接了娘便来；第三件，你使的那两把板斧，休要带去，路上小心在意，早去早回。"李逵道："这三件事，有什么依不得？哥哥放心。我今日便行，我也不住了。"当下李逵拽扎得爽利，只带一口腰刀，提条朴刀，又带了一锭大银，三五个小银子，吃了几杯酒，唱个大喏，别了众人，便下山来，过金沙滩去了。

晁盖、宋江与众头领送行已罢，同到大寨里聚义厅上坐定。宋江放心不下，对众人说道："李逵这个兄弟，此去必然有失。不知众兄弟们，谁是他乡中人？可与他那里探听个消息。"杜迁便道："只有朱贵原是沂州沂水县人，与他是乡里。"宋江听罢，说道："我却忘了！"便着人去请朱贵。小喽啰便请得朱贵到来。

宋江道："今有李逵兄弟前往家乡搬接老母。因他酒性不好，为此不肯差人与他同去。诚恐路上有失，今知贤弟是他乡中人，你可去他那里探听走一遭。"朱贵答道："小弟是沂州沂水县人。现有一个兄弟叫作朱富，在本县西门外开着个酒店。这李逵，他在本县百丈村董店东住，有个哥哥唤作李达，专与人家做长工。这李逵自小凶顽，因打死了人，逃走在江湖上，一向不曾回家。如今着小弟那里探听也不妨，小弟也多时不曾还乡，亦就要回家探望兄弟一遭。"宋江道："好，你就动身去。"朱贵领了这言语，相辞了众头领下山来。

且说李逵独自一个离了梁山泊，取路来到沂水县界。沿路李逵端的不吃酒，因此不惹事，无有话说。行至沂水县西门外，见一簇人围着榜看。李逵也立在人丛中，听得读榜上道："第一名正贼宋江，系郓城县人；第二名从贼戴宗，系江州两院押狱；第三名从贼李逵，系沂州沂水县人；……"李逵在背后听了，正待指手画脚，没做奈何处。只见一个人抢向前来，拦腰抱住，叫道："张大哥！你在这里做什么？"李逵扭过身看时，认得是旱地忽律朱贵。李逵问道："你如何也来在这里？"朱贵道："你且跟我来说话。"

两个一同来西门外近村一个酒店内，直入到后面一间静房中坐了。朱贵指着李逵道："你好大胆！那榜上明明写着，'赏一万贯钱捉宋江，五千贯捉戴宗，三千贯捉李逵。'你却如何立在那里看榜？倘或被眼疾手快的拿了送官，如之奈何？宋公明哥哥，只怕你惹事，不肯教人和你同来；又怕你到这里做出怪来，续后特使我赶来探听你的消息。我迟下山来一日，又先到你一日。你如何今日才到这里？"

李逵道："便是哥哥吩咐，教我不要吃酒，以此路上走得慢了。你如何认得这个酒店里？你是这里人？家在哪里住？"朱贵道："这个酒店，便是我兄弟朱富家里。我原是此

间人。因在江湖上做客,消折了本钱,就于梁山泊落草,今次方回。"便叫兄弟朱富来与李逵相见了。朱富置酒款待李逵。李逵道:"哥哥吩咐,教我不要吃酒。今日我已到乡里了,便吃两碗儿,打什么紧?"朱贵不敢阻挡他,由他吃。

当夜直吃到四更时分,安排些饭食。李逵吃了,趁五更晓星残月,霞光明朗,便投村里去。朱贵吩咐道:"休从小路去。只从大朴树转弯,投东大路,一直往百丈村去,便是董店东。快接了母亲,和你早回山寨去。"李逵道:"我自从小路去,却不从大路走,谁耐烦?"朱贵道:"小路走,多大虫,又有乘势夺包裹的剪径贼人。"李逵应道:"我却怕什么?"戴上毡笠儿,提了朴刀,挎了腰刀,别了朱贵朱富,便出门投百丈村来。约行了十数里,天色渐渐微明,去那露草之中,赶出一只白兔儿来,往前路去了。李逵笑道:"那畜生倒引了我一程路!"

正走之间，只见前面有五十来株大树丛杂，时值新秋，叶儿正红。李逵来到树林边厢，只见转过一条大汉，喝道："是会的留下买路钱，免得夺了包裹！"李逵看那人时，戴一顶红绢头巾，穿一领粗布衲袄，手里拿着两把板斧，把黑墨搽在脸上。李逵见了，大喝一声："你这厮是什么人，敢在这里剪径？"那汉道："若问我名字，吓碎你的心胆！老爷叫作黑旋风，你留下买路钱并包裹，便饶了你性命，容你过去。"

李逵大笑道："你这厮是什么人，哪里来的？也学老爷名目，在这里胡行！"李逵挺起手中朴刀，来奔那汉。那汉哪里抵挡得住。却待要走，早被李逵腿股上一朴刀，搠翻在地，一脚踏住胸脯，喝道："认得老爷么？"那汉在地下叫道："爷爷！饶你孩儿性命！"

李逵道："我正是江湖上好汉黑旋风李逵！便是你这厮辱没老爷名字！"那汉道："孩儿虽然姓李，不是真的黑旋风，为是爷爷江湖上有名目，提起爷爷大名，鬼也害怕，因此孩儿盗学爷爷名目，胡乱在此剪径。但有孤单客人经过，听得说了'黑旋风'三个字，便撇下行李，逃奔了去，以此得这些利益，实不敢害人。小人自己的贱名，叫作李鬼，只在这前村住。"

李逵道："叵耐这厮无礼，却在这里夺人的包裹行李，坏我的名誉，学我使两把板斧，且教他先吃我一斧！"劈手夺过一把斧来便砍。李鬼慌忙叫道："爷爷！杀我一个，便是杀我两个!"李逵听得,住了手问道:"怎的杀你一个,便是杀你两个?"李鬼道:"孩儿本不敢剪径,家中因有个九十岁的老母,无人养赡,因此孩儿单提爷爷大名吓唬人,夺些单身的包裹,养赡老母,其实并不曾害了一个人。如今爷爷杀了孩儿,家中的老母,必是饿杀。"

李逵虽是个杀人不转眼的魔君,听得说了这话,自肚里寻思道:"我特地归家来接娘,却倒杀了一个养娘的人,天地也不容我。罢!罢!我饶了你这厮性命!"放将起来。李鬼手提着斧,低头便拜。李逵道:"只我便是真黑旋风。你从今以后,休要坏了俺的名誉。"李鬼道:"孩儿今番得了性命,自回家改业,再不敢倚着爷爷名字,在这里剪径。"李逵道:"你有孝顺之心,我与你十两银子做本钱,便去改业。"李逵便取出一锭银子,把与李鬼,拜谢去了。

李逵自笑道:"这厮却撞在我手里!既然他是个孝顺的人,必去改业。我若杀了他,天地必不容我。我也自去休。"拿了朴刀,一步步投山僻小路而来。走到巳牌时分,看看肚里又渴又饥,四下里都是山径小路,不见有一个酒店饭店。正走之间,只见远远地山坳里露出一间草屋。李逵见了,奔到那人家里来,只见后面走出一个妇人来,鬓髻鬓边插一簇野花,搽一脸胭脂铅粉。

李逵放下朴刀道:"嫂子,我是过路客人,肚中饥饿,寻不着酒食店。我与你几钱银子,央你回些酒饭吃。"那妇人见了李逵这般模样，不敢说没，只得答道："酒便没买处，饭便做些与客人吃了去。"李逵道："也罢。只多做些个，正肚中饿得厉害。"那妇人道："做一升米不少么?"李逵道："做三升米饭来吃。"那妇人向厨中烧起锅来，便去溪边淘了米，将来做饭。

李逵却转过屋后山边来净手。只见一个汉子，撅手撅脚，从山后归来。李逵转过屋后听时，那妇人正要上山讨菜，开后门见了便问道："大哥，哪里闪了腿?"那汉子应道："大嫂，我险些儿和你不厮见了。你道我晦气么? 指望出去等个单身的过客，整整等了半个月，不曾发市。甫能今日抹着一个，你道是谁? 原来正是那真黑旋风! 却恨撞着了他，我如何敌得他过，倒吃他一朴刀，搠翻在地，定要杀我。吃我假意叫道：'你杀我一个，却害了我两个!' 他便问我缘故。

我便假道:'家中有个九十岁的老娘,无人养赡,定是饿死!'他真个信我,饶了我性命,又与我一锭银子做本钱,教我改了业养娘。我恐怕他省悟了赶将来,且离了那林子里,僻静处睡了一回,从山后走回家来。"

那妇人道:"休要高声!却才一个黑大汉来家中叫我做饭,莫不正是他?如今在门前坐地,你去张一张看。若是他时,你去寻些麻药来,放在菜内,让那厮吃了,麻翻在地。我和你却对付了他,谋得他些金银,搬往县里住去,做些买卖,却不强似在这里剪径。"

李逵已听得了,便道:"叵耐这厮!我倒与了他一锭银子,又饶了性命,他倒又要害我。这个正是天地不容!"一转踅到后门边。这李鬼恰待出门,被李逵劈面揪住,那妇人慌忙自往前门走了。李逵捉住李鬼,按翻在地,身边掣出腰刀,早割下头来,拿着刀,却奔前门寻那妇人时,正不知走哪里去了,再入屋内时,去房中搜看,只见有两个竹笼,盛些旧衣裳,底下搜得些碎银两并几件钗环,李逵都拿了。又去李鬼身边搜了那锭小银子,都打缚在包裹里。却去锅里看时,三升米饭早熟了,就吃了饭,往家里去搬娘。

铁牛搬娘

却说,黑旋风李逵——铁牛,从梁山泊来搬娘,路上遇见了假李逵——李鬼,在李鬼家里吃饱了饭,就投山路里去。比及赶到董店东时,日已平西。径奔到家中,推开门,走到里面,只听得娘在床上问道:"是谁进来?"

李逵看时,见娘双眼都盲了,坐在床上念佛。李逵道:"娘!铁牛回家了!"娘道:"我儿,你去了许多时,这几年正在哪里安身?你的大哥,只是在人家做长工,只博得些饭食吃,养娘全不济事。我时常思量你,眼泪流干,因此瞎了双目。你一向正是如何?"

李逵寻思道:"我若说在梁山泊落草,娘定不肯去。我只假说便了。"李逵应道:"铁牛如今做了官,上路特来接娘。"娘道:"恁地却好也!只是你怎生和我去得?"李逵道:"铁牛背娘到前路,却觅一辆车儿载去。"娘道:"你等大哥来,却商议。"李逵道:"等做什么?我自和你去便了。"

恰待要行,只见李达提了一罐子饭来。入得门,李逵见了便拜道:"哥哥多年不见。"李达骂道:"你这厮归来做甚?又来负累人!"娘便到:"铁牛如今做了官,特地家来接我。"李达道:"娘呀!休信他放屁!当初他打杀了人,教我披枷带锁,受了万千的苦。如今又听得他和梁山泊贼人通同,劫了法场,闹了江州,现在梁山泊做了强盗。前日江州行移公文到来,着落原籍追捕正身,却要捉我到官比捕。又得财主替我官司分理说:'他兄弟已自十年来不知去向,亦不曾回家,莫不是同名同姓的人冒供乡贯?'又替我上下使钱,因此不吃官司杖限追要。现今出榜赏三千贯捉他。你这厮不死,却走家来胡说乱道!"李逵道:"哥哥不要焦躁,一发和你同上山去快活,多少是好。"李达大怒,本待要打李逵,却又敌他不过,把饭罐撇在地下,一直去了。

李逵道:"他这一去,必报人来捉我,却是脱不得身,不如及早走罢。我大哥从来不曾见这大银,我且留下一锭五十两的大银子,放在床上。大哥归来见了,必然不赶来。"李逵便解下腰包,取一锭大银放在床上,叫道:"娘,我自背你去吧。"娘道:"你背我哪里去?"李逵道:"你休问我,只顾去

快活便了。我自背你去不妨。"李逵当下背了娘,提了朴刀,出门往小路里便走。

却说李达奔到财主家报了,领着十来个壮客,飞也似赶到家里看时,不见了老娘,只见床上留下一锭大银子。李达见了这锭大银,心中忖道:"铁牛留下银子,背娘去哪里藏了?必是梁山泊有人和他来。我若赶去,倒是吃他坏了性命。想他背娘,必去山寨里快活。"众人不见了李逵,都没做理会处。李达却对众壮客说道:"这铁牛背娘去,不知往哪条路去了。这里小路甚杂,怎的去赶他?"众壮客见李达没理会处。俄延了半晌,也各自回去了,不在话下。

这里只说李逵怕李达领人赶来,背着娘只奔乱山深处僻静小路而走。看看天色晚了,李逵背到岭下。娘双眼不明,不知早晚。李逵却自认得这条岭唤作沂岭,过那边去,方才有人家。娘儿两个趁着星明月朗,一步步挨上岭来。娘在背上说道:"我儿,哪里讨口水来我吃也好?"李逵道:"老娘,且待过岭去,借了人家安歇了,做些饭吃。"娘道:"我日中吃了些干饭,口渴得当不得。"李逵道:"我喉咙里也烟发火出。你且等我背你到岭上,寻水与你吃。"娘道:"我儿,端的渴杀我也!救我一救!"李逵道:"我也困倦得要不得。"李逵看看挨得到岭上松树边一块大青石上,把娘放下,插了朴刀在侧边,吩咐娘道:"耐心坐一坐,我去寻水来你吃。"

李逵听得溪涧里水响,闻声寻路去,盘过了两三处山

脚，来到溪边，捧起水来自吃了几口，寻思道："怎生能够得这水去把与娘吃？"立起身来，东观西望，远远地山顶上见一座庙。李逵道："好了！"攀藤揽葛，上到庵前，推开门看时，却是个泗州大圣祠堂，面前只有个石香炉。李逵用手去掇，原来却是和座子凿成的。李逵拔了一回，哪里拔得动？一时性起来，连那座子掇出前面石阶上一磕，把那香炉磕将下来，拿了再到溪边，将这香炉水里浸了，拔起乱草，洗得干净，挽了半香炉水，双手擎来，再寻旧路，夹七夹八走上岭来。

到得松树边石头上，不见了娘，只见朴刀插在那里。李逵叫娘吃水，杳无踪迹，叫了一声不应。李逵心慌，丢了香炉，定住眼，四下里看时，并不见娘，走不到三十余步，只见草地上团团血迹。李逵见了，一身肉发抖，趁着那血迹寻将去，寻到一处大洞口，只见两个小虎儿，在那里舐一条人腿。

李逵把不住抖道："我从梁山泊归来，特为老娘来接她。千辛万苦，背到这里，倒把来与你吃了。那大虫拖着这条人腿，不是我娘的，是谁的。"心头火起，便不抖了，赤黄须早竖起来，将手中朴刀挺起来，搠那两个小虎。这小大虫被搠得慌，也张牙舞爪，扑向前来，被李逵手起，先搠死了一个，那一个往洞里便钻了进去。李逵赶到洞里，也搠死了。李逵却钻入那大虫洞内，伏在里面看外面时，只见那母大虫张牙舞爪往窝里来。李逵道："正是你这业畜吃了我娘！"放下朴刀，胯边掣出腰刀。那母大虫到洞口，先把尾去窝里一剪，便把后半截身躯坐将进去。李逵在窝里看得仔细，把刀朝母大虫尾底下，尽平生气力，舍命一搠，正中那母大虫粪门。李逵使得力重，和那刀靶也直送入肚里去了。那母大虫吼了一声，就洞口带着刀，跳过涧边去了。

李逵却拿了朴刀，就洞里赶将出来。那老虎负疼，直抢下山石岩下去了。李逵恰恰要赶，只见就树边卷起一阵狂风，吹得败叶树木，如雨一般打将下来。自古道："云生从龙，风生从虎。"那一阵风起处，星月光辉之下，大吼了一声，忽地跳出一只吊睛白额虎来。那大虫往李逵势猛一扑，那李逵不慌不忙，趁着那大虫的势力，手起一刀，正中那大虫额下。那大虫不曾再掀再剪：一者护那疼痛；二者伤着他那气管。那大虫退不够五七步，只听得响一声，如倒半壁山，登时间死在岩下。

那李逵一时间杀了母子四虎,还又到虎窝边,将着刀复看了一遍,只恐还有大虫,已没有踪迹。李逵也困乏了,走向泗州大圣庙里,睡到天明。

次日早晨,李逵却来收尸亲娘的两腿及剩的骨殖,把布衫包裹了,直到泗州大圣庙后,掘土坑葬了。李逵大哭了一场,肚里又饥又渴,不免收拾包裹,拿了朴刀,寻路慢慢地走过岭来。只见五七个猎户,都在那里收窝弓弩箭。见了李逵一身血污,行将下岭来,众猎户吃了一惊,问道:"你这客人,莫非是山神土地? 如何敢独自过岭来?"

李逵见问,自肚里寻思道:"如今沂水县出榜,赏三千贯钱捉我,我如何敢说实话? 只谎说罢。"答道:"我是客人。昨夜和娘过岭来,因我娘要水吃,我去岭下取水,被那大虫把我娘拖去吃了。我直寻到虎窝里,先杀了两个小虎,后杀了两个大虎。泗州大圣庙里睡到天明,方才下来。"众猎户齐叫道:"不信! 你一个人,如何杀得四个虎? 便是李存孝和子路,也只打得一个。这两个小虎且不打紧,那两个大虎非同小可。我们为这两个畜生,不知都吃了几顿棍棒。这条沂岭,自从有了这窝虎在上面,整三五个月没人敢行,我们不信! 敢是你哄我?"

李逵道:"我又不是此间人,没来由哄你做什么? 你们不信,我和你上岭去寻着与你,就带些人去扛了下来。"众猎户道:"若端的有时,我们自重重地谢你。却是好也!"众猎户道打起喴哨来,一霎时,聚起三五十人,都拿了铙棒,跟着李逵,再上岭来。

　　此时天大明朗,都到那山顶上。远远望见岩边,果然杀死两个小虎,一个在窝内,一个在外面。一只母大虫死在山岩边,一只雄虎死在泗州大圣庙前。众猎户见了杀死四个大虫,尽皆欢喜,便把索子抓缚起来。众人扛抬下岭,就邀李逵同去请赏。李逵就跟他们同去。

祝家庄

宋朝时候,郓州地面有座独龙山,山前有座冈子,唤作独龙冈。这里有个祝家庄,庄前后有五七百人家。庄主唤作祝朝奉,他有三个儿子,长子叫祝龙,次子叫祝虎,三子叫祝彪,都会绰枪弄棒,号称祝氏三杰。又有个教师,唤作栾廷玉,此人有万夫不当之勇。庄上自有一二千了得的庄客。西边有个扈家庄,庄主扈太公有个儿子,唤作飞天虎扈成,也十分了得。唯有一个女儿最英雄,名唤一丈青扈三娘,使两口日月双刀。东边个李家庄,主人姓李名应,能使一条浑铁点钢枪,背藏飞刀五口,百步取人,神出鬼没。这三村结下生死誓愿同心共意,但有吉凶,递相救应。唯恐梁山泊好汉过来借粮,因此三村准备抵敌他。

原来祝家庄盖得很好,占着这座独龙山冈,四下一遭阔港。那庄正造在冈上,有三层城墙,都是顽石垒砌的,约高二丈。前后两座庄门,两条吊桥。墙里四边都盖窝铺,四下里遍插着枪刀军器,门楼上排着战鼓铜锣。哪怕你是个好汉,轻易不得进去。

一丈青扈三娘

　　话说，这时有三个人，一个唤作杨雄，一个唤作石秀，一个唤作时迁，结伴投梁山泊去。经过祝家庄祝家店，因为时迁偷吃了那店里的报晓鸡，被他们捉住，解到祝家庄去。杨雄、石秀逃出来，在路上遇见一个中山府人杜兴，这杜兴是李家庄的主管。当下杜兴约了杨雄、石秀同到李家庄去见李应，请李应写信给祝家庄，求放了时迁。不想李应去了两次信，不但祝家庄不肯放时迁，反骂李应不好。李应动了怒，披挂到祝家庄去。那祝彪又放支箭，伤了李应。因此，杨雄、石秀只得自往梁山泊来，见了晁盖、宋江，将前情细细说了一遍。众头领听了大怒，便决定下山去打祝家庄。

　　次日，宋江教唤铁面孔目裴宣计较下山人数，除晁盖头领镇守山寨不动外，留下吴学究、刘唐并阮家三弟兄、吕方、郭盛护持大寨。原拨定守滩、守关、守店有职事人员，俱各不动。将下山打祝家庄头领，分作两起：头一拨，宋江、花荣、李俊、穆弘、李逵、杨雄、石秀、黄信、欧鹏、杨林带领三千小喽啰，三百马军，披挂已了，下山前进；第二拨便是林冲、秦明、戴宗、张横、张顺、马麟、邓飞、王矮虎、白胜也带三千小喽啰，三百马军，随后接应。再着金沙滩、鸭嘴滩二处小寨，只教宋万、郑天寿守把，就行接应粮草。晁盖送路已了，自回山寨。

　　且说宋江并众头领径奔祝家庄来，于路无话，早来到独龙冈前，尚有一里多路，前军下了寨栅。宋江在中军帐里坐下，便和花荣商议到："我听得说祝家寨里路径甚杂，未可进兵。且先使两头入去，探听路途曲折，知得顺逆路程，却才

进兵，与他对敌。"便唤石秀来说道："兄弟曾到彼处，可和杨林走一遭。"石秀便道："如今哥哥许多人马到这里，他庄上如何不提备？我们扮作什么人入去好？"杨林便道："我自打扮了解魇的法师去，身边藏了短刀，手里擎着法环，于路摇将入去。你只听我法环响，不要离了我前后。"石秀道："我在蓟州，原会卖柴，我只是挑一担柴进去卖便了，身边藏了暗器，有些缓急，扁担也用得着。"杨林道："好，好。我和你计较了，今夜打点，五更起来便行。"

到得明日，石秀挑着柴担先入去。行不到二十来里，只见路径曲折多杂，四下里湾环相似，树木丛密，难认路途。石秀便歇下柴担不走。听得背后法环响得渐近，石秀看时，却见杨林头戴一个破笠子，身穿一领旧法衣，手里擎着法环，一路摇将进来。石秀见没人，叫住杨林说道："此处路径弯杂，不知哪里是我前日跟随李应来时的路。天色已晚，他们众人烂熟奔走，正看不仔细。"杨林道："不要管他路径曲直，只顾拣大路走便了。"

石秀又挑了柴，只顾往大路便走。见前面一村人家，数处酒店肉店，石秀挑着柴，便往酒店门前歇了。只见各店内都把刀枪插在门前，每个人身上穿一领黄背心，写个大"祝"字。往来的人亦各如此。

石秀见了，便看着一个老的人，唱个喏，拜揖道："丈人，请问此间是何风俗？为甚都把刀枪插在当门？"那个人道：

"你是哪里来的客人？原来不知，只可快走。"石秀道："小人是山东贩枣子的客人，消折了本钱，回乡不得。因此担柴来这里卖，不知此间乡俗地理。"老人道："只可快走，别处躲避。这里早晚要大厮杀也。"

石秀道："此间这等好村坊，怎地了大厮杀？"老人道："客人，你敢真个不知？我说与你：俺这里唤作祝家村。冈上便是祝朝奉衙里。如今恼了梁山泊好汉，他们引领军马在村口，要来厮杀，却怕我这村里路杂，未敢入来，现今驻扎在外面。如今祝家庄上行号令下来。每户人家，要我们精壮后生准备着。但有令便来，便要去策应。"

石秀道："丈人村中，总有多少人家？"老人道："只我这祝家村也有一二万人家。东西还有两村人接应：东村唤作扑天雕李应，李大官人；西村唤扈太公庄，有个女儿唤作扈三娘，绰号一丈青，十分了得。"石秀道："似此如何怕却梁山泊做什么？"那老人道："便是我们初来时，不知路的也要吃捉了。"石秀道："丈人，怎的初来要吃捉了？"老人道："我这村里的路，有旧人说道，'好个祝家庄，尽是盘陀路！容易入得来，只是出不去！'"

石秀听罢，便哭起来，扑翻身便拜，向那老人道："小人是个江湖上折了本钱，归乡不得的人。倘或卖了柴出去，撞见厮杀，走不脱，却不是苦！爷爷，怎地可怜见！小人情愿把这担柴相送爷爷，只指小人出去的路罢。"那老人道："我如何白要你的柴，我就买你的。你且入来，请你吃些酒饭。"石秀便谢了，挑着柴，跟那老人入到屋里。那老人筛下两碗白酒，盛一碗糕糜，叫石秀吃了。

石秀再拜谢道："爷爷，指教出去的路径。"那老人道："你便从村里走去，只看有白杨树便可转弯。不问路道阔狭，但有白杨树的转弯，便是活路；没那树时，都是死路；如有别的树木转弯，也不是活路。若还走差了，左来右去，只走不出去。更兼死路里，地下埋藏着竹签、铁蒺藜，若是走差了，踏着飞签，准定吃捉了，待走哪里去？"石秀拜谢了，便问："爷爷高姓？"那老人道："这村那姓祝的最多，唯有我复姓钟离，世居在此。"石秀道："酒饭小人都吃够了，改日当厚报。"

正说之间，只听得外面闹吵，石秀听得道，"拿了一个细作"。石秀吃了一惊，跟那老人出来看时，只见七八十个军人，背绑着一个人过来。石秀看时，却是杨林，索子绑着。石秀看了，只暗暗地叫苦，悄悄假问老人道："这个拿了的是什么人？为甚事绑了他？"那老人道："你不见说他是宋江那里的细作？"

石秀又问道："怎的吃他拿了？"那老人道："说这厮也好大胆，独自一个来做细作，打扮作个解魔法师，闪入村里来。却又不认得这路，只拣大路走了，左来右去，只走了死路，又不晓得白杨树转弯抹角的消息。人见他走差了，来路蹊跷，就报与庄上官人们来捉他。这厮方才又掣出刀来,手起伤了四五个人。挡不住这人多,一发上去,因此吃拿了。有人认得他从来是贼,叫作锦豹子杨林。"

说言未了,只听得前面喝道,说是,"庄上三官人巡绰过来"。石秀在壁缝里张时,看得前面摆着二十对缨枪,后面四五个人骑着马,都弯弓插箭。又有三五对青白哨马,中间拥着一个年少壮士,坐在一匹雪白马上,全副披挂,挎了弓箭,手执一条银枪。石秀自认得他,特地问老人道:"过去相公是谁?"

那老人道:"这个人正是祝朝奉第三子,唤作祝彪,定着西村扈家庄一丈青为妻。兄弟三个,只有他第一了得。"石秀拜谢道:"老爷爷,指点寻路出去。"那老人道:"今日晚了,前面倘或厮杀,枉送了你性命。"石秀道:"爷爷,可救一命则个!"那老人道:"你且在我家歇一夜。明日打听没事,便可出去。"

石秀拜谢了,坐在他家,只听得门前四五番报马报将来,排门吩咐道:"你那百姓,今夜只看红灯为号,齐心并力,捉拿梁山泊贼人,解官请赏。"叫过去了,石秀问道:"这个人是谁?"那老人道:"这个官人,是本处捕盗巡检。今夜约会要捉宋江。"石秀见说个,心中自忖了一回,讨个火把,叫了安置,自去屋后草窝里睡了。

却说宋江军马,在村口屯驻,不见杨林、石秀出来回报,随后又使欧鹏去到村口，出来回道："听得那里讲动，说道捉了一个细作。小弟见路径又杂，难认，不敢深入重地。"宋江听罢，愤怒道："如何等得回报了进兵！又吃拿了一个细作，必然陷了两个兄弟。我们今夜只顾进兵，杀将入去，也要救他两个兄弟。未知你众头领意下如何？"只见李逵便道："我先杀入去，看是如何？"

宋江听得，随即便传将令，教军士都披挂了。李逵、杨雄前一队做先锋，使李俊等引军做合后，穆弘居左，黄信居右，宋江、花荣、欧鹏等中军头领，摇旗喊呐，擂鼓鸣锣，大刀阔斧，杀奔祝家庄来。比及杀到独龙冈上，是黄昏时候。宋江催促前军打庄。

先锋李逵挥两把夹钢板斧，火剌剌地杀向前来。到得庄前看时，已把吊桥高高地拽起了，庄门里不见一点火，李逵便要下水过去。杨雄扯住道："使不得！关闭庄门，必有计策。待哥哥来，别有商议。"李逵哪里忍得住，拍着双斧，隔岸大骂道："那祝太公老贼！你出来，黑旋风爷爷在这里！"庄上只是不应。

宋江中军人马到来，杨雄接着，报说庄上并不见人马，亦无动静。宋江勒马看时，庄上不见刀枪人马，心中疑惑，猛省道："我只要救两个兄弟，因此连夜进兵。不期深入重地，直到了他庄前，不见敌军，他必有计策，快教三军且退。"李逵叫道："哥哥，军马到这里了，休要退兵！我与你先杀过去,你们都跟我来。"

说犹未了,庄上早知。只听得祝家庄里,一个号炮,直飞起半天里去。那独龙冈上,千百把火把,一齐点着。那门楼上,弓箭如雨点般射将来。宋江急取旧路回军,只见后军头领李俊人马,先发起喊来,说道:"来的旧路,都阻塞了,必有埋伏。"宋江教军马四下里寻路走。李逵挥起双斧,往来寻人厮杀,不见一个敌军。

只见独龙冈山顶上,又放一个炮来。响声未绝,四下里喊声震地。宋江在马上看时,四下里都有埋伏军马。且教小喽啰只往大路杀将去,只听得三军屯塞住了,众人都叫起苦来。宋江问道:"怎么叫苦?"众军都道:"前面都是盘陀路,走了一遭,又转到这里。"宋江道:"教军马往火把亮处有房屋人家,取路出去。"又走不多时,只见前军又发起喊来,叫道:"甫能往火把亮处取路,又有苦竹签、铁蒺藜遍地撒满,鹿角堵塞了路口。"宋江道:"莫非天丧我也!"

正在慌急之际,只听得左军中间,穆弘队里闹动,报来说道:"石秀来了!"宋江看时,见石秀拈着口刀,奔到马前道:"哥哥休慌,兄弟已知路了。暗传下将令,教三军只看有白杨树便转弯走去,不要管它路阔路狭。"

宋江催促人马,只看有白杨树便转弯,只走过五六里,只见前面人马越添得多了。宋江疑忌,便唤石秀问道:"兄弟,怎么前面贼兵众广?"石秀道:"他有烛灯为号。"花荣在马上看见,把手指与宋江道:"哥哥,你看见那树影里这个烛灯么?只看我等投东,他便把那烛灯往东扯;若是我们投西,他便把那烛灯往西扯。只那些儿想来便是号令。"宋江道:"怎的奈何的他那个灯?"华荣道:"有何难哉!"便拈弓搭箭,纵马向前,望着影中,只一箭,不端不正,恰好把那个红灯射将下来。四下里埋伏军兵,不见了那个红灯,便都自乱窜起来。

宋江叫石秀引路,且杀出村口去,只听得前山喊声连天,一带火把,纵横缭乱。宋江教前军扎住,且使石秀领路去探。不多时,回来报道:"是山寨中第二拨军马到了,接应杀伏兵。"宋江听罢,进兵夹攻,夺路奔出村口,祝家庄人马四散去了。会和着林冲、秦明等众人军马,同在村口驻扎。却好天明,去高阜处下寨栅。整点人马数,不见了镇三山黄信。宋江大惊,询问缘故。有昨夜跟去的军人见的来说道:"黄头领听着哥哥将令,前去探路,不提防芦苇丛中伸出两把挠钩,拖翻马脚,被五七人个活捉去了,救护不得。"

宋江听罢大怒,要杀随行军汉:"如何不早报来?"林冲、花荣劝住宋江。众人纳闷道:"庄又不曾打得,倒折了两个兄弟。似此怎生奈何?"杨雄道:"此间有三个村坊结并。所有东村李大官人,前日已被祝彪那厮射了一箭,现今在庄上养病。哥哥何不去与他计议?"

宋江道:"我正忘了也。他便知本处地理虚实。"吩咐教取一对缎匹、羊酒，选一骑好马并鞍辔，亲自上门去求见。林冲、秦明权守栅寨。宋江带同花荣、杨雄、石秀上了马，随行三百马军，取路投李家庄来。到得庄前，早见门楼紧闭，吊桥高拽起了，墙里摆列着许多庄人兵马。门楼上早擂起鼓来。

宋江在马上叫道："俺是梁山泊义士宋江，特来谒见大官人，别无他意，休要提备。"庄门上杜兴看见有杨雄、石秀在彼，慌忙开了庄门，放只小船过来，与宋江道声喏。宋江慌忙下马来答礼。杨雄、石秀进前禀道："这位兄弟便是引小弟两个投李大官人的，唤作鬼脸儿杜兴。"宋江道："原来是杜主管。相烦足下对李大官人说：俺梁山泊宋江久闻大官人大名，无缘不曾拜会。今因祝家庄要和俺们做对头，经过此间，特献彩缎名马羊酒薄礼，只求一见，别无他意。"

杜兴领了言语，再渡过庄来，直到厅前。李应带伤披被坐在床上，杜兴把宋江要求见的言语说了。李应道："他是梁山泊造反的人，我如何与他厮见？无私有意，你可回他话道，只说我卧病在床，动止不得，难以相见，改日却得拜会。所赐礼物，不敢领受。"

那杜兴再渡过来见宋江，禀道："俺东人再三拜上头领：本欲亲身迎迓，奈缘中伤，患躯在床，不能相见，容日专当拜会。适蒙所赐厚礼，并不敢受。"宋江道："我知你东人的意了。我因打祝家庄失利，欲求相见则个。他恐祝家庄见怪，不肯出来相见。"

杜兴道:"非是如此,委实患病。小人虽是中山人氏,到此多年了,颇知此间虚实事情。中间是祝家庄,东是俺李家庄,西是扈家庄。这三村庄上,誓愿结生死之交,有事互相救应。今番恼了俺家东人,自不去救应,只恐西村扈家庄上,要来相助。他庄上别的不打紧,只有一个女将,唤作一丈青扈三娘,使两口日月刀,好生了得。却是祝家庄第三子祝彪定为妻室,早晚要娶。若是将军要打祝家庄时,不须提备东边,只要紧防西路。祝家庄上,前后有两座庄门:一座在独龙冈前,一座在独龙冈后。若打前门,却不济事;须是两面夹攻,方可破得。前门打紧,路杂难认,一遭都是盘陀路径,阔狭不等。但有白杨树便可转弯,方是活路;如无此树,便是死路。"

石秀道:"他如今都把白杨树砍伐去了,将何为记?"杜兴道:"虽然砍了树,如何起得根尽?也须有树根在彼。只宜白日进兵攻打,黑夜不可进兵。"宋江听罢,谢了杜兴,一行人马,却回寨里来。林冲等接着,都到大寨里坐下。

宋江把李应不肯出见并杜兴说的话对众头领说了,李逵便插口道:"好意送礼与他,那厮不肯出来迎接哥哥。我自引三百人去打开他的庄,揪这厮出来,拜见哥哥!"宋江道:"兄弟,你不知道,他是富贵良民,惧怕官府,如何造次肯与我们相见?"李逵笑道:"那厮想是个小孩子,怕见。"众人一齐都笑起来。

宋江道："虽然如此说了，两个兄弟陷了，不知性命存亡。你众兄弟可竭力向前，跟我再去攻打祝家庄。"众人都起身说道："哥哥将令，谁敢不听。不知教谁前去?"黑旋风李逵说道："你们怕小孩子，我便前去。"宋江道："你做先锋不利，今番用你不着。"李逵低了头忍气。宋江便点马麟、邓飞、欧鹏、王矮虎四个，"跟我亲自做先锋去"；第二点戴宗、秦明、杨雄、石秀、李俊、张顺、张横、白胜准备下水路用人；第三点林冲、花荣、穆弘、李达，分作两路策应。众军标拨已定，都饱食了，披挂上马。

且说宋江亲自要去做先锋，攻打头阵，前面打着一面大红"帅"字旗，引着四个头领，一百五十骑马军，一千步军，杀奔祝家庄来。直到独龙冈前，宋江勒马，看那祝家庄上，扬起两面白旗，旗上明明绣着十四个字道："填平水泊擒晁盖，踏破梁山捉宋江。"当下宋江在马上心中大怒，设誓道："我若打不得祝家庄，永不回梁山泊!"众头领看了，一齐都怒起来。

宋江听得后面人马都到了，留下第二拨头领攻打前门。自引了前部人马，转过独龙冈后面来，看祝家庄时，后面都是铜墙铁壁，把得严整。正看之时，只见一彪军队呐着喊，从后杀来。宋江留下马麟、邓飞把住祝家庄后门，自带了欧鹏、王矮虎，分一半人马前来迎接。山坡下来军约有二三十骑马军,当中簇拥着一员女将。正是扈家庄女将一丈青扈三娘,一骑青鬃马上,抡两口日月双刀,引着三五百庄客,前来祝家庄策应。

宋江道:"刚说扈家庄有个女将好生了得,想来正是此人。谁敢与他迎敌?"话犹未了,只见这王矮虎听得说是个女将,指望一合便捉得过来。当时喊了一声,骤马向前,挺手中枪便出迎敌。两军呐喊,那扈三娘拍马舞刀来战王矮虎。一个双刀的娴熟,一个单枪的出众。两个斗敌十数合之上,宋江在马上看时,见王矮虎枪法架隔不住。

原来王矮虎初见一丈青恨不得便捉过来。谁想斗过十合之上,看看的手颤脚麻,枪法便都乱了。那一丈青是个乖觉的人,心中想道:"这厮无理!"便将两把双刀,直上直下,砍将入来。这王矮虎如何敌得过,拨回马却待要走,被一丈青纵马赶上,把右手刀挂了,轻舒粉臂,将王矮虎提脱雕鞍。众庄客齐上,横拖倒拽,活捉去了。

欧鹏见捉了王英,便挺枪来救。一丈青纵马跨刀接着欧鹏,两个便斗。原来欧鹏本是军班子弟出身,使得好一条铁枪。宋江看了,暗暗地喝彩。怎的欧鹏枪法精熟,也敌不得那女将半点便宜。邓飞在远远处看见捉了王矮虎,欧鹏又战那女将不下,跑着马,舞起一条铁链,大发喊赶将来。

祝家庄上已看多时,诚恐一丈青有失,慌忙放下吊桥,开了庄门。祝龙亲自引了三百余人,骤马提枪,来捉宋江。

马麟看见，一骑马使起双刀，来迎住祝龙厮杀。邓飞恐宋江有失，不离左右，看他两边厮杀，喊声迭起。宋江见马麟斗祝龙不过，欧鹏斗一丈青不下，正慌哩，只见一彪军马从斜刺里杀来。宋江看时，大喜，却是霹雳火秦明，听得庄后厮杀，前来救应。

宋江大叫："秦统制，你可替马麟。"秦明是个急性的人，更兼祝家庄捉了他徒弟黄信，正没好气，拍马飞起狼牙棍，便来直取祝龙。祝龙也挺枪来敌秦明。马麟引了人却夺王矮虎。那一丈青看见了马麟来夺人，便撇了欧鹏，却来接住马麟厮杀。两个都会使双刀，马上相迎着，正如风飘玉屑，雪散琼花。宋江看得眼也花了。

这边秦明和祝龙斗到十合之上，祝龙如何敌得过秦明。庄门里面那教师栾廷玉，带了铁锤，上马挺枪，杀得出来。欧鹏便来迎住栾廷玉厮杀，栾廷玉也不来交马，带住枪时，斜刺里便走。欧鹏赶将去，被栾廷玉一飞锤，正打个着，翻筋斗跌下马去。邓飞大叫："孩儿们，救人！"舞着铁链径奔栾廷玉。宋江急唤小喽啰救得欧鹏上马。

那祝龙当敌秦明不住，拍马便走。栾廷玉也撇了邓飞，却来战秦明。两个斗了一二十合，不分胜败。栾廷玉卖个破绽，落荒即走。秦明舞棍径赶将去，栾廷玉便往荒草之中，跑马入去。秦明不知是计，也追入去。原来祝家庄那等去处，都有人埋伏。见秦明马到，拽起绊马索来，连人和马都绊翻了，发声喊，捉住了秦明。邓飞见秦明坠马，慌忙来救时，见绊马索起，却待回身，两下里叫声："着!"挠钩似乱麻一般搭来，就马上活捉了去。

宋江看见，只叫得苦，只救得欧鹏上马。马麟撇了一丈青急奔来保护宋江，往南而走，背后栾廷玉、祝龙、一丈青分投赶将来，看看没路，正待受缚，只见正南上一个好汉飞马而来，背后随从约有五百人马。宋江看时，乃是没遮拦穆弘。东南上也有三百余人，两个好汉飞奔前来：一个是病关索杨雄，一个是拼命三郎石秀。东北上又一个好汉，高声大叫："留下人着!"宋江看时，乃是小李广花荣。三路人马，一齐都到，宋江心下大喜，一发并力来战栾廷玉、祝龙。庄上望见，恐怕两个吃亏，且教祝虎守住庄门。小郎君祝彪骑一匹烈马，使一条长枪，自引五百余人马，从庄后杀将出来，一齐混战。

庄前李后、张横、张顺下水过来，被庄上乱箭射来，不能下手。戴宗、白胜只在对岸呐喊。宋江见天色晚了，急叫马麟先保护欧鹏出村口去。宋江又叫小喽啰打锣，聚拢众好汉，且战且走。

宋江自拍马到处寻了看，只恐兄弟们迷了路。正行之间，只见一丈青飞马赶来，宋江措手不及，便拍马往东而走，背后一丈青紧追着，八个马蹄翻盏撒钹相似，赶投深村处来。一丈青正赶上宋江，待要下手，只听得山坡上有人大叫

道："那婆娘赶我哥哥哪里去！"宋江看时，却是黑旋风李逵，抢两把板斧，引着七八十个小喽啰，大踏步赶将来。一丈青便勒转马，往这树林边去。

宋江也勒住马看时，只见树林边转出十数骑马军来，当先簇拥着一个壮士。正是豹子头林冲，在马上大喝道："兀那婆娘，走哪里去！"一丈青飞刀纵马，直奔林冲。林冲挺丈八蛇矛迎敌。两个斗不到十合，林冲卖个破绽，放一丈青两口刀砍入来，把蛇矛逼个住，两口刀逼斜了，赶拢去，轻舒猿臂，款扭狼腰，把一丈青只一拽，活挟过马来。

宋江看见，喝声彩，不知高低。林冲叫军士绑了，骤马向前道："不曾伤犯哥哥么？"宋江道："不曾伤着。"便叫李逵："快走村中接应众好汉，且教来村口商议。天色已晚，不可恋战。"黑旋风领本部人马去了。林冲保护宋江,押着一丈青在马上,取路出村口来。

当晚众头领不得便宜,急急都赶出村口来。祝家庄人马也收回庄去了。祝龙教把捉到的人都将来陷车囚了,一发拿住宋江,解上东京去请功。扈家庄已把王矮虎解送到祝家庄去了。

且说宋江收回大队人马,到村口下了寨栅。先教将一丈青过来,唤二十个老成的小喽啰,着四个头目,骑四匹快马,把一丈青拴了双手,也骑一匹马,"连夜与我送上梁山泊去,交与我父亲宋太公收管,便来回话。待我回山寨,自有发落"。众头领都只道宋江自要这个女子,尽皆小心送去。先把一辆车儿,教欧鹏上山去将息。这一行人,都领了将令,连夜去了。宋江其夜在帐中纳闷,一夜不睡,坐而待旦。

次日,只见探事人报来,说:"军师吴学究引将三阮头领并吕方、郭盛带五百人马到来。"宋江听了,出寨迎接了军师吴用,到中军帐里坐下。吴学究带将酒食来,与宋江把盏贺喜,一面犒赏三军众将。吴用道:"山寨里晁头领,多听得哥哥先次进兵不利,特地使将吴用并五个头领来助战。不知近日胜败如何?"宋江道:"一言难尽!叵耐祝家那厮,他庄门上立两面白旗写道,'填平水泊擒晁盖,踏破梁山捉宋江'。"这厮无礼! 先一遭进兵攻打,因为失其地利,折了杨林、黄信。夜来进兵,又被一丈青捉了王矮虎,栾廷玉锤打伤了欧鹏，绊马索拖翻捉了秦明、邓飞。如此失利，若不得林教头活捉得一丈青时，折尽锐气。今来似此，如之奈何？若是宋江打不得祝家庄破，救不得这几个兄弟来，情愿自死于此地，也无面目回去，见得晁盖哥哥。"吴学究笑道："这个祝家庄，也是合当天败。恰好有这个机会，吴用想来，事在旦夕可破。"宋江听罢，十分惊喜，连忙问道："这祝家庄如何旦夕可破？机会自何而来？"

吴学究笑着，不慌不忙，叠两个指头，对宋公明说道："今日有个机会，却是石勇面上来投入伙的人，又与栾廷玉那厮最好，亦是杨林、邓飞的至爱相识。他知道哥哥打祝家庄不利，特献这条计策来入伙，以为进身之礼，随后便至。五日之内可行此计，却是好么？"宋江听了，大喜道："妙哉！"方才笑逐颜开。

原来这段话，正和宋江初打祝家庄时，一同事发。乃是山东海边，有个州郡，唤作登州。登州城外有一座山，山上多有豺狼虎豹，出来伤人。因此，登州知府拘集猎户，当厅委了杖限文书，捉捕登州山上老虎。又仰山前山后里正之家也要捕虎文状，限外不行解官，痛责枷号不恕。

登州山下有一家猎户，弟兄两个，哥哥唤作解珍，兄弟唤作解宝。弟兄两个都使浑铁点钢叉，有一身惊人的武艺。当州里的猎户们都让他第一。那解珍一个绰号唤作两头蛇。这解宝绰号叫作双尾蝎。二人父母俱亡，不曾婚娶。

那哥哥七尺以上身材,紫棠色面皮,腰细膀阔。这兄弟更是厉害,也有七尺以上身材,面圆身黑,两条腿上,刺着两个飞天夜叉,有时性起,恨不得拔树摇山,腾天倒地。

那弟兄两个当官受了甘限文书,回到家中,整顿窝弓、药箭、弩子、锐叉,穿了豹皮袴、虎皮套体,拿了钢叉,径奔登州山上,下了窝弓。去树上等了一日,不济事了,收拾窝弓下去。次日,又带了干粮,再上山伺候。看看天晚,弟兄两个把窝弓下了,爬上树去,直等到五更,又没动静。两个移了窝弓,却来西山边下了。坐到天明,又等不着,两个心焦,说道:"限三日内要纳老虎,迟时须要受责,却是怎的好!"

两个到第三日夜,伏至四更时分,不觉身体困倦,两个背厮靠着且睡。未曾合眼,忽听得窝弓发响,两个跳起来,拿了钢叉,四下里看时,只见一只老虎,中了药箭,在地上滚。两个拈着钢叉向前来。那老虎见了人来,带着箭便走。两个追将向前去,不到半山里时,药力透来,那老虎当不住,吼了一声,骨碌碌滚将下山去了。解宝道:"好了!我认得这山是毛太公庄后园里,我和你下去他家取讨老虎。"

解宝兄弟两人到了毛太公庄上去讨老虎,却被毛太公赖了,又把两个强扭作贼,抢掳家财,解入州里去。他又上下使了钱物,要结果解珍、解宝的性命。幸得乐和、孙立、顾大嫂、邹渊、邹闰、孙新许多人救了出来,便一同来投梁山泊。

一行人到了梁山泊,便到石勇酒店里。那邹渊与他相见了,问起杨林、邓飞二人。石勇说起:"宋头领去打祝家庄,二人却跟去,两次失利。听得报来说,杨林、邓飞俱被陷在那里,不知如何?备闻祝家庄三子豪杰,又有教师铁棒栾廷玉相助,因此两次打不破那庄。"孙立听罢,大笑道:"我等众人来投大寨入伙,正没半分功劳。献此一条计,去打破祝家庄,为进身之报如何?"石勇大喜道:"愿闻良策。"

孙立道:"栾廷玉和我是一个师父教的武艺。我学的枪刀,他也知道;他学的武艺,我也尽知。我们今日只做登州对调来郓州守把经过,来此相望,他必然出来迎接我。进身入去,里应外合,必成大事。此计如何?"正与石勇说计未了,只见小校报道:"吴学究下山来,前往祝家庄救应去。"石勇听得,便叫小校快去报知军师,请来这里相见。

话犹未了,已有军马来到店前,乃是吕方、郭盛并阮氏三雄,随后军师吴用带领五百余人到来。石勇接入店内,引着这一行人都相见了,备说投托入伙献计一节。吴用听了大喜说道:"既然众位好汉肯作成山寨,且休上山,便烦疾往祝家庄,行此一事,成全这段功劳,如何?"孙立等众人皆喜,一齐都依允了。吴用道:"小生如今人马先去。众位好汉随后一发便来。"

商议既定,吴学究便先来见宋江,就说出前面"旦夕可破祝家庄"这段话。

却说孙立教自己的伴当人等跟着车仗人马投一处歇下，只带了解珍、解宝、邹渊、邹闰、孙新、顾大嫂、乐和共是八人，来参见宋江，都叙礼已毕，宋江置酒设席款待，不在话下。

吴学究暗传号令与众人，教第三日如此行，第五日如此行。吩咐已了，孙立等众人领了计策，一行人自来和车仗人马投祝家庄进身行事。

这时，只见寨外军士来报："西村扈家庄上扈成，牵羊担酒，特来求见。"宋江叫请入来。

扈成来到中军帐前，再拜恳告道："小妹一时粗鲁，年幼不省人事，误犯威颜，今者被擒，望乞将军宽恕。奈缘小妹原许祝家庄上，前者不合奋一时之勇，陷于缧绁。如蒙将军饶放，但用之物，当依命拜奉。"

宋江道："且请坐说话。祝家庄那厮好生无礼，平日欺负俺山寨，因此引兵报仇，须与你扈家无冤。只是令妹引人捉了我王矮虎，因此还礼，拿了令妹。你把王矮虎放回还我，我便把令妹还你。"扈成答道："不期已被祝家庄拿了这个好汉去。"吴学究便道："我这王矮虎，今在何处？"扈成道："如今拘锁在祝家庄上，小人怎敢去取？"宋江道："你不去取得王矮虎来还我，如何能够得你令妹回去？"

吴学究道："兄长休如此说。只依小生一言：今后早晚祝家庄上但有些响亮，你的庄上切不可令人来救护；倘或祝家庄上有人投奔你处，你可就缚在彼。若是捉下得人时，那时送还令妹到贵庄。只是如今不在本寨，前日已使人送往山寨，奉养在宋太公处。你且放心回去，我这里自有个道理。"扈成道："今番断然不敢去救应他。若是他庄上果有人来投我时，定缚来奉献将军麾下。"宋江道："你若是如此，强似送我金帛。"

扈成拜谢了去，孙立便把旗号改换作"登州兵马提辖孙立"，领了一行人马，都来到祝家庄后门前。庄上墙里望见是登州旗号，报入庄里去。栾廷玉听得是登州孙提辖到来相望，说与祝氏三杰道："这孙提辖是我弟兄，自幼与他同师学艺。今日不知如何到此？"带了二十余人马，开了庄门，放下吊桥，出来迎接。孙立一行人都下了马。众人讲礼已罢，栾廷玉问道："贤弟登州守把，如何到此？"孙立答道："总兵府行下文书，对调我来此间郓州守把城池，提防梁山泊强寇。便道经过，闻知仁兄在此祝家庄，特来相探。本待从前门来，因见村口庄前，俱屯下许多军马，不好冲突，特地寻觅村里，从小路问到庄后，入来拜望仁兄。"

栾廷玉道："便是这几时连日与梁山泊强寇厮杀，已拿得他几个头领在庄里了。只要捉了宋江贼首，一并解官。天幸今得贤弟来此间镇守，正如'锦上添花，旱苗得雨'。"孙立笑道："小弟不才，且看相助捉拿这厮们，成全兄长之功。"

栾廷玉大喜，当下都引一行人进庄里来，再拽起了吊桥,关上了庄门。孙立一行人安顿车仗人马,更换衣裳,都往前厅来相见。祝朝奉与祝龙、祝虎、祝彪三杰都相见了。一家儿都在厅前相接,栾廷玉引孙立等上到厅上相见,讲礼已罢,便对祝朝奉说道:"我这个贤弟孙立,绰号病尉迟,任登州兵马提辖。今奉总兵府对调他来镇守此间郓州。"祝朝奉道:"老夫亦是治下。"孙立道:"卑小之职,何足道哉? 早晚也要望朝奉提携指教。"

祝氏三杰相请众位尊坐。孙立动问道:"连日相杀,征阵劳神?"祝龙答道:"也未见胜败。众位尊兄鞍马劳神。"孙立便叫顾大嫂引了乐大娘子、叔伯姆两个去后堂拜见宅眷。唤过孙新、解珍、解宝参见了,说道:"这三个是我兄弟。"指着乐和便道:"这位是此间郓州差来取的公吏。"指着邹渊、邹闰道:"这两个是登州送来的军官。"祝朝奉并三子虽是聪明,却是他又有老小并许多行李车仗人马,又是栾廷玉教师的兄弟,哪里有疑心,只顾杀牛宰马做筵席,款待众人饮酒。

过了一两日,到第三日,庄兵报道:"宋江又调军马杀奔庄上来了。"祝彪道:"我自去上马拿此贼。"便出庄门,放下吊桥,引一百余骑马军杀将出来。早迎见一彪军马,约有五百来人。当先拥出那个头领,弯弓插箭,拍马抢枪,是小李广花荣。祝彪见了,跃马挺枪,向前来斗,花荣也纵马来战祝彪。两个在独龙冈前,约斗数十合,不分胜败。花荣卖个破绽,拨回马便走。祝彪正待要纵马追去,背后有认得的说道:"将军休要去赶,恐防暗器。此人深好弓箭。"祝彪听罢,便勒转马来不赶,领回人马,投庄上来,拽起吊桥。看花荣时,已引军马回去了。

祝彪直到厅前下马,进后堂来饮酒。孙立问道:"小将军,今日拿得甚贼?"祝彪道:"这厮们伙里有个什么小李广花荣,枪法好生了得。斗了五十余合,那厮走了。我却待要赶去追他,军人们道那厮好弓箭,因此各自收兵回来。"孙立道:"来日看小弟不才,拿他几个。"当日筵席上叫乐和唱曲,众人皆喜。至晚席散,又歇了一夜。

到第四日午牌,忽有庄兵报道:"宋江军马,又来在庄后了。"堂下祝龙、祝虎、祝彪三子都披挂了,出到庄前门外。远远地听得鸣锣擂鼓,呐喊摇旗,对面早摆下阵势。这里祝朝奉坐在庄门上,左边栾廷玉,右边孙提辖,祝家三杰并孙立带来的许多人伴都摆在门边。早见宋江阵上豹子头林冲高声叫骂,祝龙焦躁,喝叫放下吊桥,绰枪上马,引一二百人马,大喊一声,直奔林冲阵上。庄门上擂起鼓来,两边各把弓弩带住阵脚。

林冲挺起丈八蛇矛,和祝龙交战。连斗到三十余合,不分胜败,两边鸣锣各回了马。祝虎大怒,提刀上马,跑到阵前,高声大叫:"宋江决战!"说言未了,宋江阵上早有一将出马,乃是没遮拦穆弘来战祝虎。两个斗了三十余合,又没胜败。祝彪见了大怒,便绰枪飞身上马,引二百余骑奔到阵前。宋江队里病关索杨雄,一骑马、一条枪飞抢出来战祝彪。

孙立看见两队儿在阵前厮杀,心中忍耐不住,便唤孙新:"取我的鞭枪来,就将我的衣甲头盔袍袄把来披挂了。"牵过自己马来,这骑马号乌骓马,备上鞍子,扣了三条肚带,腕上悬了虎眼钢鞭,绰枪上马。祝家庄上一声锣响,孙立出马在阵前。宋江阵上林冲、穆弘、杨雄都勒住马,立于阵前。

孙立早跑马出来,说道:"看小可捉这厮们。"孙立把马兜住,喝问道:"你那贼兵阵上有好厮杀的,出来与我决战!"宋江阵内鸾铃响处,一骑马跑将出来。众人看时,乃是拼命三郎石秀,来战孙立。两马相交,双枪并举。两个斗到五十合,孙立卖个破绽,让石秀一枪搠入来,虚闪一个过,把石秀轻轻地从马上捉过来,直挟到庄前撇下,喝道:"把来缚了!"

祝家三子把宋江军马一搅,都赶散了。三子收军,回到门楼下,见了孙立,众皆拱手钦服。孙立便问道:"共是捉得几个贼人?"祝朝奉道:"起初先捉得一个时迁,次后拿得一个细作杨林,又捉得一个黄信。扈家庄一丈青捉得一个王矮虎,阵上拿了两个,秦明、邓飞。今番将军又捉得这个石秀。共捉七个了。"

孙立道:"一个也不要坏他。快做七辆囚军装了,与些酒饭,将养身体,休教饿损了他,不好看。他日拿来宋江一并解上东京去,教天下传名,说这个祝家庄三杰。"祝朝奉谢道："多幸得提辖相助。想是这梁山泊当灭了。"邀请孙立到后堂筵宴。石秀自把囚车装了。

石秀的武艺，不低似孙立，要赚祝家庄人，故意教孙立捉了，使他庄上人一发信他。孙立又暗暗地使邹渊、邹闰、乐和去后房里，把门户都看了出入的路数。杨林、邓飞见了邹渊、邹闰心中暗喜。乐和张看得没人，便透个消息与众人知了。顾大嫂与乐大娘子在里面，又看了房户出入的门径。

至第五日，孙立等众人都在庄上闲行。当日辰牌时候，早饭以后，只见庄兵报道："今日宋江分兵做四路来打本庄。"孙立道："分十路待怎的！你手下人且不要慌，早作准备便了。先安排些挠钩套索，须要活捉，拿死的也不算!"庄上人都披挂了。祝朝奉亲自牵引着一班儿上门楼来看时，见正东上一彪人马，当先一个头领，乃是豹子头林冲，背后便是李俊、阮小二，约有五百以上人马；正西上，又有五百来人马，当先一个头领乃是小李广花荣，背后是张横、张顺；正南门楼上望时，也有五百来人马，当先三个头领乃是没遮拦穆弘、病关索杨雄、黑旋风李逵。四面都是兵马，战鼓齐鸣，喊声大震。

栾廷玉听了道："今日这厮们厮杀，不可轻敌。我引了一队人马出后门杀这正西北上的人马。"祝龙道："我出前门，杀这正东上的人马。"祝虎道："我也出后门，杀那西南上的人马。"祝彪道："我自出前门捉宋江，是要紧的贼首。"祝朝奉大喜，都赏了酒。

　　各人上马，尽带了三百余骑，奔出庄门。其余的都守庄院门楼前呐喊。此时邹渊、邹闰已藏了大斧，只守在监门左侧。解珍、解宝藏了暗器，不离后门。孙新、乐和已守定前门左右。顾大嫂先拨军兵保护乐大娘子，却自拿两把双刀在堂前踅，只听风声，便要下手。

　　且说祝家庄上擂了三通战鼓，放了一个炮，把前后门都开，放下吊桥，一齐杀将出来。四路军兵出了门，四下里分投去厮杀。临后孙立带了十数个军兵，立在吊桥上。门里孙新便把原带来的旗号插起在门楼上。乐和便提着枪直唱将出来。邹渊、邹闰听得乐和唱，便呼哨了几声，抡动大斧，早把守监门的庄兵砍翻了数十个，便开了陷车，放出七个人来，各各架上拔了枪。一声喊起，顾大嫂掣出两把刀，直奔入里，把应有妇人尽都杀了。祝朝奉见势头不好了，却待要投井时，早被石秀一刀剁翻，割了首级。

　　那十数个好汉分投来杀庄兵。后门头解珍、解宝便去马草堆里放起把火，黑焰冲天而起。四路人马见庄上火起，并力向前。祝虎见庄里火起，直奔回来。孙立守在吊桥上，大喝一声："你那厮哪里去！"拦住吊桥。祝虎省得，便拨转马头，再奔宋江阵上来。这里吕方、郭盛两戟齐举，早把祝虎连人和马搠翻在地，前军四散奔走。孙立、孙新迎接宋公明入庄。

东路祝龙斗林冲不住,飞马往庄后而来,到得吊桥边,见后门头解珍、解宝把庄客的尸首,一个个撩将下来。火焰里,祝龙急回马望北而走,猛然撞着黑旋风,踊身便到,抡动双斧,早砍翻马脚。祝龙措手不及,倒撞下来,被李逵只一斧,把头劈翻在地。

祝彪见庄兵走来报知,不敢回,直望扈成家投奔,被扈成叫庄客捉了,绑缚下,正解将来见宋江,恰好遇着李逵,只一斧,砍翻祝彪头来。庄客都四散走了。李逵再抡起双斧,便看着扈成来。扈成见局面不好,投马落荒而走,弃家逃命,投延安府去了。

且说宋江已在祝家庄上正厅坐下,众头领都来献功。生擒得四五百人,夺得好马五百余匹,活捉牛羊不计其数。宋江见了,大喜道:"只可惜杀了栾廷玉那个好汉!"

正嗟叹间，只见军师吴学究引着一行人马都到庄上来，与宋江把盏贺喜。宋江与吴用商议，要把这祝家庄村坊洗荡了。石秀禀说道："这钟离老人指路之力，也有此等善心良民在内，亦不可屈坏了好人。"宋江听罢，叫石秀去寻那老人来。

石秀去不多时，引着那个钟离老人来到庄上，拜见宋江、吴学究。宋江取一包金帛，赏与老人，永为乡民："不是你老人面上有恩，把你一个村坊尽数洗荡了，不留一家。因为你一家为善，以此饶了你这一境村坊人民。"那钟离老人只是下拜。

宋江又道："我连日在此搅扰你们百姓。今日打破祝家庄，与你村中除害。所有各家赐粮米一石，以表人心。"就着钟离老人为头给散。一面把祝家庄多余粮米，尽数装载上车。金银财赋，犒赏三军众将。其余牛羊骡马等物，将去山中支用。大小头领将军马收拾起身。又得若干新到头领，孙立、孙新、解珍、解宝、邹闰、邹渊、乐和、顾大嫂，并救出七个好汉。孙立等将自己马也捎带了自己的财赋，同老小乐大娘子，跟随了大队军马上山。当有村坊乡民，扶老挈幼，香花灯烛，于路拜谢。宋江等众将一齐上路，将军兵分作三队摆开，连夜便回山寨。

大名府

话说梁山泊头领，因为卢俊义、石秀两人被北京大名府捉住，关在牢里，数次去救他们，只是救不出来。这一天，宋江又要带领军马下山去打大名。吴用道："即今冬尽春初，早晚元宵节近。大名年例，大张灯火。我欲趁此机会，先令城中埋伏，外面驱兵大进，里应外合，可以破他。"宋江道："此计大妙，便请军师发落。"

吴用道："为头最要紧的，是城中放火为号。你众弟兄中，谁敢与我先去城中放火？"只见阶下走过一人道："小弟愿往。"众人看时，却是鼓上蚤时迁。时迁道："小弟幼年间，曾到大名。城内有座楼，唤作翠云楼。楼上楼下大小共有百十个阁子，眼见得元宵之夜，必然喧哄。小弟潜地入城，到得元宵节夜，只盘去翠云楼上，放起火来为号，军师可自调遣人马入来。"吴用道："我心正待如此。你明日天晓，先下山去，只在元宵夜一更时候，楼上放起火来，便是你的功劳。"时迁应允，得令去了。

吴用次日却调解

智多星
吴用

珍、解宝扮作猎户,去大名城内官员府里献纳野味,正月十五日夜间,只看火起为号,便去留守司前,截住报事官兵。两个得令去了。再调杜迁、宋万扮作粜米客人,推辆车子,去城中宿歇,元宵夜,只看号火起时,却来先夺东门。两个得令去了。再调孔明、孔亮扮作仆者,前去大名城内闹市里房檐下宿歇,只看楼前火起,便要往来接应。两个得令去了。再调李应、史进扮作客人,去大名东门外安歇,只看城中号火起时,先斩把门军士,夺取东门,好做出路。两个得令去了。再调鲁智深、武松扮作行脚僧,前去大名城外庵院挂搭,只见城中号火起时,便去南门外截住大军,冲击去路。两个得令去了。再调邹渊、邹闰扮作卖灯客人,直往大名城中寻客店安歇,只看楼中火起,便去司狱司前策应。两个得令去了。再调刘唐、杨雄扮作公人,直去大名州衙前宿歇,只看号火起时,便去截住一应报事人员,令他首尾不得救应。两个得令去了。再请公孙胜先生扮作云游道人,却教凌振扮作道童跟着,将带风火轰天等炮数百个,直去大名城内静处守待,只看号火起时施放。两个得令去了。再调王矮虎、孙新、张青、扈三娘、顾大嫂、孙二娘扮作三对村里夫妻,入城看灯。再调柴进带同乐和扮作军官,直去蔡节级家中,要保救二人性命。众头领俱各得令去了。

此是正月初头,不说梁山泊好汉依此各各下山进发,且说大名梁中书唤过李成、闻达等一干官员,商议放灯一事。

梁中书道："年例城中大张灯火，庆贺元宵，与众同乐，全似东京体例。如今被梁山泊贼人两次侵境，只恐放灯因而惹祸。下官意欲住歇放灯，你众官心下如何计议？"

闻达便道："想此贼人潜地退去，没头告示乱贴。此是计穷，必无主意，相公何必多虑？若还今年不放灯时，这厮们细作探知，必然被他耻笑。可以传下钧旨，晓示居民：比上年多设花灯，市心中添搭两座鳌山，照依东京体例，通宵不禁，十三至十七，放灯五夜。相公亲自行春，务要与民同乐。闻某亲领一彪军马出城，去飞虎峪驻扎，以防贼人奸计；再着李都监亲引铁骑马军，绕城巡逻，勿令居民惊扰。"梁中书见说大喜。众官商议定，随即出榜晓谕居民。

这北京大名府，是河北头一个大郡，冲要去处，却有诸路买卖，云屯雾集，只听放灯，都来赶趁。远者三二百里路，近者也过百十里之外，便有客商，年年将灯到城货卖。家家门前扎起灯棚，都要赛挂好灯，巧样烟火。户内缚起山棚，摆放五色屏风炮灯，四边都挂名人书画并奇异古董玩器之物。在城大街小巷，家家都要点灯。大名府留守司州桥边，搭起一座鳌山，上面盘红黄大龙两条，每片鳞甲上点灯一盏，口喷净水。去州桥河内周围上下点灯不计其数。铜佛寺前，扎起一座鳌山，上面盘青龙一条，周回也有千百盏花灯。翠云楼前，也扎起一座鳌山，上面盘着一条白龙，四面点火，不计其数。原来这座酒楼，名贯河北，号为第一。上有三檐滴水，雕梁绣柱，极是造得好。楼上楼下，有百十处阁子，终朝鼓乐喧天，每日笙歌聒耳。城中各处宫、观、寺、院中，各设灯火，庆赏丰年。大家小户，更不必说。

那梁山泊探细人得了这个消息，报上山来，吴用得知大喜，去对宋江说知备细。宋江便要亲自领兵去打大名，吴用道："小生替哥哥走一遭。"随即与铁面孔目裴宣点拨八路军马："第一队，大刀关胜引领宣赞、郝思文为前部，镇三山黄信在后策应，都是马军。第二队，豹子头林冲引领马麟、邓飞为前部，小李广花荣在后策应，都是马军。第三队，双鞭呼延灼引领韩滔、彭玘为前部，病尉迟孙立在后策应，都是马军。第四队，霹雳火秦明引领欧鹏燕、燕顺为前部，跳涧虎陈达在后策应，都是马军。第五队，调步军头领没遮拦穆弘将引杜兴、郑天寿。第六队，步军头领黑旋风李逵将引李立、曹正。第七队，步军头领插翅虎雷横将引施恩、穆春。第八队，步军头领混世魔王樊瑞将引项充、李衮。这八路马步军兵各自取路，即今便要起行，毋得时刻有误。正月十五日二更为期，都要到大名城下。马军步军，一齐进发。"那八路人马依令下山。其余头领尽跟宋江保守山寨。

且说时迁到了城内，城中客店内却不留宿单身客人。他自白日在街上闲走，到晚来在东岳庙神座底下安身。正月十三日，却在城内往还观着那搭缚灯棚，悬挂灯火。正看之间，只见解珍、解宝挑着野味，在城中往来观看，又撞见杜迁、宋万两个。

时迁当日先去翠云楼上打一个踅。只见孔明披着头发，身穿羊皮破衣，右手拄一条杖子，左手拿个碗，腌腌臜臜，在那里求乞。见了时迁，招呼他去背后说话。时迁道："哥哥，你这般一个汉子，红红白白面皮，不像叫化的。城中做公的多，倘或被他看破，须误了大事，哥哥可以躲闪回避。"话未了，又见个丐者从墙边来。看时，却是孔亮。时迁道："哥哥，你又露出雪也似白面来，亦不像忍饥受饿的人。这般模样，必然决撒。"却才道罢，背后两个人，劈角儿揪住，喝道："你们做的好事！"回头看时，却是杨雄、刘唐。时迁道："你惊杀我也！"

杨雄道："都跟我来。"带去僻静处埋怨道："你三个好没分晓！却怎的在这里说话？倒是我两个看见，倘若被他眼明手快的公人看破，却不误了大事？我两个都已见了，兄弟们不必再上街去。"孔明道："邹渊、邹闰昨日街上卖灯。鲁智深、武松已在城外庵里。再不必多说，只顾临期各自行事。"五个说了，都来到一个寺前，正撞见一个先生，从寺里出来。众人抬头看时，却是入云龙公孙胜，背后凌振扮作道童跟着。七个人都点头会意，各自去了。

看看相近上元。梁中书先令大刀闻达将引军马出城，去飞虎峪驻扎，以防贼寇。十四日，却令李天王李成亲引铁骑军马五百，全副披挂，绕城巡视。

次日正是正月十五日。是日好生晴明，梁中书满心欢喜。未到黄昏，一轮明月却涌上来，照得六街三市，熔作金银一片，士女挨肩叠背，烟火花炮，比前越添得盛了。

是晚，节级蔡福吩咐教兄弟蔡庆看守着大牢，"我自回家看看便来"。方才进得家门，只见两个人闪将入来：前面那个军官打扮，后面仆者模样。灯光之下看时，蔡福认得是小旋风柴进，后面的却不晓得是铁叫子乐和。蔡节级便请人里面去，现成杯盘，随即款待。

柴进道："不必赐酒。在下到此，有件紧事相央。卢俊义、石秀全得足下照顾，称谢难尽。今晚小子欲就大牢里，赶此元宵热闹，看望一遭，望你相烦引进，休得推却。"蔡福是个公人，早猜了八分，欲待不依，诚恐打破城池，都不见了好处，又陷了老小一家性命，只得担着血海的干系，便取些旧衣裳，教他两个换了，也扮作公人，换了巾帻，带柴进、乐和径奔牢中去了。

初更左右，王矮虎、一丈青、孙新、顾大嫂、张青、孙二娘三对儿村里夫妻乔扮作乡村人，挨在人丛里，便入东门去了。公孙胜带同凌振，挑着荆篓，去城隍庙里廊下坐着，这城隍庙只在州衙侧边。邹渊、邹闰挑着灯在城中闲走。杜迁、宋万各推一辆车子，径到梁中书衙前，闪在人闹处，原来梁中书衙只在东门里大街上。刘唐、杨雄各提着水火棍，身边都自有暗器，来州桥上两边坐定。都不在话下。

　　不移时，楼上鼓打一更。却说时迁挟着一个篮儿，里面都是硫黄、焰硝、放火的药头，篮儿上插几朵闹蛾儿，趱入翠云楼后。走上楼去，只见阁子内，吹笙箫，动鼓板，子弟们闹闹嚷嚷，都在楼上打哄赏灯。

　　时迁上到楼上，只做卖闹蛾儿的，各处阁子里去看，撞见解珍、解宝拖着钢叉，叉上挂着兔儿，在阁子前趱。时迁便道："更次到了，怎生不见外面动静？"解珍道："我两个方才在楼前，见探马过去，多管兵马到了。你只顾去行事。"

　　言犹未了，只见楼前都发起喊来，说道："梁山泊军马到西门外了。"解珍吩咐时迁："你自快去，我自去留守司前接应！"奔到留守司前，只见败残军马一齐奔入城来，说道："闻大刀吃劫了寨也！梁山泊贼寇引军都到城下也！"李成正在城上巡逻，听见说了，飞马来到留守司前，教点军兵，吩咐闭上城门，守护本州。

却说梁中书正在衙前醉了闲坐，初听报说，尚自不甚慌。次后没半个更次，流星探马，接连报来，吓得一言不吐，单叫："备马！备马！"说言未了，只见翠云楼上，烈焰冲天，火光夺月，十分浩大。

梁中书见了，急上得马，却待要去看时，只见两条大汉，推两辆车子，放在当路，便来取个挂的灯来，望车子点着，随即火起。梁中书要出东门时，两条大汉，口称："李应、史进在此！"手拈朴刀，大踏步杀来，把门官军，吓得走了，手边的伤了十数个。杜迁、宋万却好接着出来，四个合成一处，把住东门。

梁中书见不是头势，带领随行伴当，飞奔南门。南门传说道："一个胖大和尚轮动铁禅杖，一个虎面行者掣出双戒刀，发喊杀入城来。"梁中书回马，再到留守司前，只见解珍、解宝手拈钢叉，在那里东冲西撞，急待回州衙，不敢近前。

梁中书急急回马奔西门，只听得城隍庙里，火炮齐响，轰天震地。邹渊、邹闰手拿竹竿，只顾就房檐下放起火来。南瓦子前，王矮虎、一丈青杀将来。孙新、顾大嫂身边掣出暗器，就那里协助。铜佛寺前，张青、孙二娘进去，爬上鳌山，放起火来。此时大名城内百姓黎民，一个个鼠窜狼奔，一家家神号鬼哭，四下里十数处火光亘天，四方不辨。

却说梁中书奔到西门，接着李成军马，急到南门城上，勒住马在鼓楼上看时，只见城下军马摆满，旗号写"大刀关胜"，火焰光中，抖擞精神，施逞骁勇，左有宣赞，右有郝思文，黄信在后催动人马，雁翅般横杀将来，已到门下。

梁中书出不得城去，和李成躲至北门城下，望见火光明亮，军马不知其数。却是豹子头林冲跃马横枪，左有马麟，右有邓飞，花荣在后催动人马，飞奔将来。再转东门，一连火把丛中，只见没遮拦穆弘，左有杜兴，右有郑天寿，三条好汉当先，手拈朴刀，引领一千余人，杀入城来。

梁中书径奔南门，舍命夺路而走。吊桥边火把齐明，只见黑旋风李逵，左有李立，右有曹正。李逵手拿双斧，从城濠里飞杀过来。李立、曹正一齐俱到。李成当先，杀开条血路，奔出城来，护着梁中书便走。只见左手下杀声震响，火把丛中军马无数，却是双鞭呼延灼拍动坐下马，舞动手中鞭，径抢梁中书。李成手举双刀，前来迎敌。那时李成无心恋战，拨马便走。左有韩滔，右有彭玘，两肋里撞来。孙立在后催动人马，并力杀来。

正斗间，背后赶上小李广花荣，拈弓搭箭，射中李成副将，翻身落马。李成见了，飞马奔走。未及半箭之地，只见右手下锣鼓乱鸣，火光夺目，却是霹雳火秦明跃马舞棍，引着欧鹏、陈达，又杀将来。李成浑身是血，且走且战，护着梁中书，冲路而去。

话分两头，却说城中之事。杜迁、宋万去杀梁中书一门良贱。孔明、孔亮已从司狱司后墙爬将进去。邹渊、邹闰却在司狱司前接住往来之人。大牢里柴进、乐和看见号火起了，便对蔡福、蔡庆道："你弟兄两个见也不见？更待几时？"蔡庆在门边看时，邹渊、邹闰早撞开牢门，大叫道："梁山泊好汉全伙在此！好好送出卢俊义、石秀哥哥来！"

蔡庆慌忙报蔡福时，孔明、孔亮早从牢屋上跳将下来。不由他兄弟两个肯与不肯，柴进身边取出器械，便去开枷，放了卢俊义、石秀。柴进说与蔡福："你快跟我去家中保护老小！"一齐都出牢门来。邹渊、邹闰接着，合成一处。蔡福、蔡庆跟随柴进来家中保全老小，就收拾家私财物，同上山寨。

大名府

当时天色大明，吴用、柴进在城内鸣金收军。众头领接着卢俊义并石秀都到留守司相见，备说牢中多亏了蔡福、蔡庆弟兄两个照顾，已逃得残生，不在话下。

再说李成保护梁中书出城逃难，正撞着闻达，领着败残军马回来，合兵一处，投南便走。正走之间，前军发起喊来，却是混世魔王樊瑞，左有项充，右有李衮，三条步军好汉，舞动飞刀、飞枪，直杀将来。背后又是插翅虎雷横，将引施恩、穆春各引一千步军，前来截住退路。李成、闻达护着梁中书，并力死战，撞透重围，逃得性命，投西一直去了。樊瑞引项充、李衮追赶不上，自与雷横、施恩、穆春等，同回大名府里听令。

再说军师吴用在城中传下将令，一面出榜安民，一面救灭了火。便把大名府库藏打开，应有金钱宝物，都装载上车子。又开仓廒,将粮米散给满城百姓,余者亦装载上车,将回梁山泊贮用。号令众头领人马都皆完备,将军马标拨作三队回梁山泊来。却叫戴宗先去报宋江,宋江就会集头领下山来迎接吴用一干人。

活捉史文恭

北宋末年，有个段景住，祖贯是涿州人氏，绰号金毛犬，生平只靠在北边地面盗马。这一年的春天，盗了一匹千里马，唤作"照夜玉狮子马"，原想将此马进献与梁山泊，权表进身之意，不期来到凌州西南上曾头市，被那曾家五虎夺了去，因此只得空手来见宋江，把详细情形说了一遍。

宋江便叫神行太保戴宗去曾头市探听那马的下落。戴宗去了四五日，回来对众头领说道："这个曾头市上，共有三千余家，内有一家，唤作曾家府。这老子原是金国人，名为曾长官，生下五个孩儿，号为曾家五虎：大的儿子唤作曾涂，第二个唤作曾密，第三个唤作曾索，第四个唤作曾魁，第五个唤作曾升。又有一个教师史文恭，一个副教师苏定，去那曾头市上，聚集着五七千人马，扎下寨栅，造下五十余辆陷车，发愿要与我们势不两立，定要捉尽俺山寨中头领，做个对头。那匹千里玉狮子马，现今与教师史文恭骑坐。更有一般堪恨之处，那厮杜撰几句言语，教市上小儿们都唱道：'摇动铁环铃，神鬼尽皆惊。铁车并铁锁，上下

有尖钉。扫荡梁山清水泊,剿除晁盖上东京,生擒及时雨,活捉智多星。曾家生五虎,天下尽闻名!'没一个不唱,真是令人忍耐不得!"

晁盖听罢,心中大怒道:"这畜生怎敢如此无礼! 我须亲自走一遭。不捉得这畜生,誓不回山。我只点五千人马,启请二十个头领相助下山。其余都和宋公明守山寨。"

当日晁盖便点林冲、呼延灼、徐宁、穆弘、张横、杨雄、石秀、孙立、黄信、燕顺、邓飞、欧鹏、杨林、刘唐、阮小二、阮小五、阮小七、白胜、杜迁、宋万共是二十个头领,部领三军人马下山。

且说晁盖一干人到了曾头市先扎住营。两边战了一次,各折了些人马。隔了几天,曾头市上教两个法华寺的僧人,诈使晁盖去劫寨,却中了计,人马折伤大半。晁盖又被史文恭射了一箭,当下血晕倒了,因此遂急急回山,回山以后,不久就死,宋江等不觉放声大哭,誓要报仇雪恨。

后来梁山泊又教金毛犬段景住和杨林、石勇去北地买马。一天,又慌速回来报道:"我与杨林、石勇前往北地买马,到彼选得肥壮有筋力好毛片骏马,买了二百余匹。回至青州地面,被一伙强人所劫,为头一个唤作险道神郁保四,聚集二百余人,将劫夺马匹解送曾头市去了。石勇、杨林不知去向,小弟连夜逃来,报知此事。"

宋江听了大怒道:"前者夺我马匹,至今不曾报仇。晁天王又遭他射死，今又如此无礼。若不去剿这厮，惹人耻笑不小。"吴用道："即日春暖无事，正好厮杀取乐。前者天王失其地利，如今必用智取。且教时迁，他会飞檐走壁，可去探听消息一遭，回来却作商量。"时迁听命去了。

无三二日，只见杨林、石勇逃得回寨，备说曾头市史文恭口出大言，要与梁山泊势不两立。宋江见说，便要起兵，吴用道："再待时迁回报，却去未迟。"宋江怒气填胸，要报此仇，片时忍耐不住，又使戴宗飞去打听，立等回报。

不过数日，却是戴宗先回来，说："这曾头市军马现今在曾头市口，扎下大寨。又在法华寺内，做中军帐。数百里遍插旌旗。不知是何路可进？"

次日时迁回寨报说："小弟直到曾头市里面探知备细。现今扎下五个寨栅：曾头市前面，二千余人守住村口，总寨内是教师史文恭执掌，北寨是曾涂与副教师苏定，南寨是次子曾密，西寨是三子曾索，东寨是四子曾魁，中寨是第五子曾升与父亲曾长官守把。这个青州郁保四，身长一丈，腰阔数围，绰号险道神，将所夺的许多马匹都喂养在法华寺内。"

吴用听罢，便教会集诸将一同商议："既然他设五个寨栅，我这里分调五支军将，可作五路去打。"卢俊义便起身道："卢某得蒙救命上山，未能报效。今愿尽命向前，未知尊意若何？"宋江便问吴用道："员外如肯下山，可屈为前部否？"吴用道："员外初到山寨，未经战阵，山岭崎岖，乘马不便,不可为前部先锋。别引一支军马,前去平川埋伏,只听中军炮响,便来接应。"

宋江大喜,叫卢员外带同燕青,引领五百步军,平川小路听号。再分调五路军马:曾头市正南大寨,差马军头领霹雳火秦明、小李广花荣,副将马麟、邓飞引军三千攻打;曾头市正东大寨,差步军头领花和尚鲁智深、行者武松,副将孔亮、孔明引军三千攻打;曾头市正北大寨,差马军头领青面兽杨志、九纹龙史进,副将杨春、陈达引军三千攻打;曾头市正西大寨,差步军头领美髯公朱仝、插翅虎雷横,副将邹渊、邹闰引军三千攻打;曾头市正中总寨,都头领宋公明,军师吴用、公孙胜,随行副将吕方、郭盛、解珍、解宝、戴宗、时迁领五千攻打;合后步军头领黑旋风李逵,混世魔王樊瑞,副将项充、李衮引领步军兵五千。其余头领,各守山寨。

不说宋江部领五军兵将大进,且说曾头市探事人探知备细,报入寨中。曾长官听了,便请教师史文恭、苏定商议军情重事。史文恭道:"梁山泊军马来时,只是多使陷坑,方才捉得他强兵猛将。这伙草寇,须是这条计,以为上策。"曾长官便差庄客等人,将了锄头铁锹,去村中掘下陷坑数十处,上面虚浮土盖,四下里埋伏了军兵,只等敌军到来。又去曾头市北路,也掘下数十处陷坑。

比及宋江军马起行时,吴用预先暗使时迁又去打听。过数日之间,时迁回报说:"曾头市寨南寨北都掘下陷坑不计其数,只等俺军马到来。"吴用见说,大笑道:"不足为奇!"引军前进,来到曾头市相近。此时日午时分,前队望见一骑马来,项带铜铃,尾拴雉尾,马上一人,青巾白袍,手执短枪。前队望见,便要追赶。吴用止住,便教军马就此下寨,四面掘了壕堑,下了铁蒺藜。传下令去,教五军各自分头下寨,一般掘下壕堑,下了蒺藜。

一住三日,曾头市不出交战。吴用再使时迁扮作伏路小军去曾头市寨中探听他何意;所有陷坑,暗暗地记着;离寨多少路远,总有几处。时迁去了一日,都知备细,暗地使了记号,回报军师。

次日,吴用传令,教前队步军,各执铁锄,分作两队,又把粮车,一百有余,装载芦苇干柴,藏在中军。当晚传下与各寨诸军头领:来日巳牌,只听东西两路步军先去打寨,再教攻打曾头市北寨的杨志、史进把马军一字儿摆开,只在那边擂鼓摇旗,虚张声势,切不可进。吴用传令已了。

再说曾头市史文恭只要引宋江军马打寨,便赶入陷坑,寨前路狭,待走哪里去。次日巳牌,听得寨前炮响,军兵大队,都到南门。次后只见东寨边来报道:"一个和尚抢着铁禅杖,一个行者舞起双戒刀,攻打前后。"史文恭道:"这两个必是梁山泊鲁智深、武松。"却恐有失,便分人去帮助曾魁。只见西寨边又来报道:"一个长髯大汉,一个虎面大汉,旗号上写着'美髯公朱仝''插翅虎雷横',前来攻打甚急。"史文

恭听了，又分拨人去帮助曾索。又听得寨前炮响，史文恭按兵不动，只要等他入来塌了陷坑，山下伏兵齐起，接应捉人。

这里吴用调马军从山背后两路抄到寨前。前面步军，只顾看寨，又不敢去；两边伏兵，都摆在寨前；背后吴用军马赶来，尽数逼下坑去。史文恭却待出来，吴用鞭梢一指，军寨中锣响，一齐推出百余辆车子，尽数把火把点着，上面芦苇、干柴、硫黄、焰硝，一齐着起，烟火迷天。及至史文恭军马出来，尽被火车横拦挡住，只得回避，急待退军。那火焰早烧入南门，把敌楼排栅，尽行烧毁。已自得胜，鸣金收军，四下里入寨，当晚权歇。史文恭连夜修整寨门，两下当住。

次日，曾涂对史文恭计议："若不先斩贼首，难以追灭。"嘱咐教师史文恭牢守寨栅。曾涂率领军兵，披挂上马，出阵搠战。宋江在中军,闻知曾涂搠战,带领吕方、郭盛相随出到前军。门旗影里,看见曾涂,心头怒起,用鞭指道:"谁与我先捉这厮,报往日之仇?"

小温侯吕方拍坐下马,挺手中方天画戟,直取曾涂。两马交锋,二器并举,斗到三十合以上。郭盛在门旗下,看见两个中间将及输了一个。原来吕方本事敌不得曾涂,三十合以前,已抵敌不住,三十合以后,戟法乱了,只顾是遮架躲闪。郭盛只恐吕方有失,便骤坐下马,拈手中方天画戟,飞出阵来,夹攻曾涂。三骑马在阵前绞做一团。原来两枝戟上,都拴着金钱豹尾。吕方、郭盛要捉曾涂,两枝戟一齐举。曾涂眼明,便用枪只一拨,却被两条豹尾搅住朱缨,夺扯不开。三个各要掣出军器使用。

小李广花荣在阵中看见,恐怕输了两个,便纵马出来,左手拈起雕弓,右手急取钑箭,搭上箭拽满弓,望着曾涂射来。这曾涂却好掣出枪来,那两枝戟还自搅一团。说时迟,

活捉史文恭

那时疾,曾涂掣枪,便往吕方项根搠来。花荣箭早先到,正中曾涂左臂,翻身落马。吕方、郭盛双戟并施,曾涂死于非命。

十数骑马军,飞奔回来,报知史文恭,转报中寨,曾长官听得大哭。只见旁边烦恼了一个壮士却是曾升,武艺绝高,使两口飞刀,人莫敢近,当时听了大怒,咬牙切齿,喝叫:"备我马来,要与哥哥报仇!"曾长官拦挡不住,全身披挂,绰刀上马,直奔前寨。史文恭接着,劝道:"小将军不可轻敌。宋江军马,智勇猛将极多。若论史某愚意:只宜坚守五寨,暗地使人前往凌州,便叫飞奏朝廷,调兵遣将,多拨官军,分作两处征剿,一打梁山泊,一保曾头市,令贼无心恋战,必欲退兵急奔回寨。那时史某不才,与汝兄弟赶来追杀,必获大功。"

说言未了,北寨副教师苏定到来,见说坚守一节,也道:"梁山泊吴用那厮,诡计多端,不可轻敌。只宜坚守,待救兵到来,从长商议。"曾升叫道:"杀我哥哥,此冤不报,真强盗也! 直等养成贼势,退敌则难!"史文恭、苏定阻挡不住,曾升上马,带领数十骑马军,飞奔出寨搦战。

宋江闻知,传令前军迎敌。当时秦明得令,舞起狼牙棍,正要出阵斗这曾升,只见黑旋风李逵,手拿板斧,直奔军前,不问事由,抢出阵心。对阵有人认得,说道:"这个是梁山泊黑旋风李逵。"曾升听了,便叫放箭。原来李逵但是上阵,便要赤膊,全得项充、李衮蛮牌遮护。此时独自抢来,被曾升一箭,腿上正着,身如泰山,倒在地下。曾升背后马军齐抢过来,宋江阵上秦明、花荣飞马向前死救,背后马麟、邓飞、吕方、郭盛一齐接应归阵。曾升见了宋江阵上人多,不敢再战,以此领兵还寨。宋江也自收军驻扎。

次日,史文恭、苏定只是主张不要对阵,怎禁得曾升催并道:"要报兄仇。"史文恭无奈,只得披挂上马。那匹马便是先前夺的段景住的千里龙驹照夜玉狮子马。宋江引诸将排开阵势迎敌,对阵史文恭出马,宋江看了好马,心头火起,便令前军迎敌。

秦明得令,飞奔坐下马来迎。二骑相交,军器并举,约斗二十余合,秦明力怯,望本阵便走。史文恭奋勇赶来,神枪到处,秦明后腿股上早着,倒撷下马来。吕方、郭盛、马麟、邓飞四将齐出,死命来救。虽然救得秦明,军兵折了一阵。收回败军,离寨十里驻扎。

宋江叫把车子载了秦明,使人送回山寨将息,又暗卜一课。吴用看了卦象,便道:"恭喜大事无损,今夜倒主有贼兵入寨。"宋江道:"可以早做准备。"吴用道:"请兄长放心,只顾传下号令:先去报与三寨头领,今夜起东西二寨,便教解珍在左,解宝在右。其余军马,各于四下里埋伏已定。"

是夜,天清月白,风静云闲。史文恭在寨中对曾升道:"贼兵今日输了两将,必然惧怯,乘虚正好劫寨。"曾升见说,便教请北寨苏定、南寨曾密、西寨曾索，引兵前来，一同劫寨。二更左侧，潜地出寨，马摘鸾铃，人披软战，直到宋江中军寨内。见四下无人，劫着空寨，急叫中计，转身便走。左手下撞出两头蛇解珍，右手下撞出双尾蝎解宝，后面便是小李广花荣，一发赶上。曾索在黑地里，被解珍一钢叉搠于马下。放起火来，后寨发喊，东西两边，进兵攻打寨栅。混战了半夜，史文恭夺路得回。

曾长官又见折了曾索，烦恼倍增。次日，要史文恭写书投降。史文恭也有八分惧怯，随即写书，速差一人送去直到宋江大寨。小校报知曾头市有人下书，宋江传令叫唤入来。小校将书呈上，宋江拆开看时，写道：

> ……前者小儿无知，倚仗小勇，抢夺马匹，冒犯虎威。……今小儿已亡，遣使请和。如能罢战休兵，愿将原夺马匹，尽数纳还，更送金帛，犒劳三军，免致两伤……

宋江看罢来书，目顾吴用，满面大怒，扯书骂道："杀我兄长，焉肯干休！只待洗荡村坊，是吾本愿。"下书人俯伏在地，凛颤不已。吴用慌忙劝道："兄长差矣！我等相争，皆为气耳。既是曾家差人下书讲和，岂为一时之愤，以失大义。"随即便写回书，取银十两赏了来使。回还本寨，将书呈上。曾长官与史文恭拆开看时，上面写道：

> ……若要讲和，便须发还两次原夺马匹，并要夺马凶徒郁保四，犒劳军士金帛。……如或更变，别有定

夺……

曾长官与史文恭看了，俱各惊忧。次日，曾长官又使人来说："若要郁保四，亦请一人质当。"宋江、吴用随即便差时迁、李逵、樊瑞、项充、李衮五人，前去为信。临行时，吴用叫过时迁，附耳低言："倘或有变，如此如此……"

不说五人去了，却说关胜、徐宁、单廷圭、魏定国到了。当时见了众人，就在中军扎住。

且说时迁引四个好汉来见曾长官，时迁向前说道："奉哥哥将令，差时迁引李逵等四人，前来讲和。"史文恭道："吴用差这五个人来，未必无谋。"李逵大怒，揪住史文恭便打，曾长官慌忙劝住。时迁道："李逵虽然粗鲁，却是俺宋公明哥哥心腹之人。特使他来，休得疑惑。"

曾长官心中要讲和,不听史文恭之言,便教置酒相待,请去法华寺寨中安歇,拨五百军人前后围住。却使曾升带回郁保四来宋江大寨讲和。二人到中军相见了,随后将原夺二次马匹并金帛一车,送到大寨。

　　宋江看罢道:"这马都是后次夺的。尚有先前段景住送来那匹千里白龙驹照夜玉狮子马,如何不见将来?"曾升道:"是师父史文恭乘坐着,以此不曾将来。"宋江道:"你急忙写书早早牵那匹马来还我!"曾升便写书,叫从人还寨,讨这匹马来。史文恭听得,回道:"别的马将去不吝,这匹马却不与他!"从人往复去了几遭,宋江定死要这匹马。史文恭使人来说道:"若还定要我这匹马时,着他即便退军,我便送来还他。"

　　宋江听得这话,便与吴用商量,暗地叫出郁保四来,用好言抚慰他,十分恩义相待,说道:"你若肯建这场功劳,山寨里也叫你做个头领,夺马之仇,折箭为誓,一齐都罢。你若不从,曾头市破在旦夕。任从你心。"郁保四听言,情愿投拜,从命帐下。

　　吴用授计与郁保四道:"你只做私逃还寨。与史文恭说道:'我和曾升去宋江寨中讲和,打听得真实了。如今宋江大意,只要赚这匹千里马,实无心讲和。若还与了他,必然翻变,如今听得青州、凌州两路救兵到了,十分心慌,正好乘势用计,不可有误。'他若信从了,我自有处置。"

郁保四领了言语，直到史文恭寨里，把前事俱说了一遍。史文恭领了郁保四来见曾长官，备说宋江无心讲和，可以乘势劫他寨栅。曾长官道："我那曾升尚在那里，若还翻变，必然被他杀害。"史文恭道："打破他寨，好歹救了。今晚传令与各寨，尽数都起，先劫宋江大寨。如断去蛇首，众贼无用，回来却杀李逵等五人未迟。"曾长官道："教师可以善用良计。"当下传令与北寨苏定、东寨曾魁、南寨曾密一同劫寨。郁保四却闪来法华寺大寨内，看了李逵等五人，暗与时迁走透这个消息。

再说宋江同吴用说道："未知此计若何？"吴用道："若是郁保四不回，便是中俺之计。他若今晚来劫我寨，我等退伏两边。却教鲁智深、武松引步军杀入他东寨；朱仝、雷横引步军杀入他西寨；却令杨志、史进引马军截杀北寨。此名'番犬伏窝之计'，百发百中。"

当晚却说史文恭带了苏定、曾密、曾魁尽数起发。是夜月色朦胧，星辰昏暗。史文恭、苏定当先，曾密、曾魁押后，马摘鸾铃，人披软战，尽都来到宋江总寨。只见寨门不关，寨内并无一人，又不见些动静，情知中计，即便回身，急往本寨去时，只见曾头市里锣鸣炮响，却是时迁爬去法华寺钟楼上撞起钟来，东西两门，火炮齐响，喊声大举，正不知多少军马，杀将入来。

却说法华寺中，李逵、樊瑞、项充、李衮一齐发作，杀将出来。史文恭等急回到寨时，寻路不见。曾长官见寨中大闹，又听得梁山泊大军，两路杀将入来，就在寨里自缢而死。曾密径奔西寨，被朱仝一朴刀搠死。曾魁要奔东军时，乱军中马踏为泥。苏定死命奔出北门，却有无数陷坑，背后鲁智深、武松赶杀将来，前逢杨志、史进，一时乱箭射死。后头撞来的人马，都撞入陷坑中去，重重叠叠，陷死不知其数。

且说史文恭得这千里马行得快，杀出西门，落荒而走。此时黑雾遮天，不分南北，约行了三十余里，不知何处。只听得树林背后，一声锣响，撞出五百军来。当先一将手提杆棒往马脚便打。史文恭再回旧路，却撞着浪子燕青，又转过玉麒麟卢俊义来，喝一声："强贼！待走哪里去！"腿股上只一朴刀搠下马来，便把绳索绑了，解投曾头市来。燕青牵了那匹龙驹，径投大寨。宋江看了，心中一喜一恼，先把曾升

就本处斩首。抄掳到金银财宝，米麦粮食，尽行装载上车，其余物件，尽不必说。陷车内囚了史文恭，便收拾军马，回梁山泊来。所过州县村坊，并无侵扰。回到山寨忠义堂上，都来参见晁盖之灵。

林冲请宋江传令，教圣手书生萧让作了祭文，令大小头领，人人挂孝，个个举哀，当将史文恭杀了，享祭晁盖。